KJB

Anja Habschick ist Architektin und lebt mit Familie und Hund in Witten. Sie liebt Kinderbücher und hat sich in den Kopf gesetzt, selbst eins zu schreiben. *Lucy Longfinger – einfach unfassbar! – Gefährliche Geburtstagsgrüße* ist ihr erstes Buch. Und wenn Lucy ihr nicht das Laptop klaut, werden es noch mehr.

Weitere Informationen zum Kinder- und Jugendbuchprogramm der S. Fischer Verlage finden Sie unter www.fischerverlage.de

ANJA HABSCHICK

Lucy Longfinger

– einfach unfassbar!

Gefährliche Geburtstagsgrüße

KJB

Alle Abenteuer von Lucy Longfinger – einfach unfassbar!:
Band 1: Gefährliche Geburtstagsgrüße
Band 2: Explosive Entdeckung
(erscheint im Herbst 2021)

Erschienen bei FISCHER KJB

Lektorat: Julia Hanauer
Umschlaggestaltung: Max Meinzold
Satz: Dörlemann Satz, Lemförde
Druck und Bindung: CPI books GmbH, Leck
Printed in Germany
ISBN 978-3-7373-4240-7

Inhalt

Für Marlene und Rosa

In einer schmuddeligen Hafenkneipe in Mable Beach, Kalifornien

Pling. Der Mann mit dem schwarzen Anzug und den schwarzen Handschuhen war klein und schmächtig. Trotzdem sah er gefährlich aus. Er schaute sich das Foto an, das gerade auf seinem Handy eingegangen war. Noch echt jung, die Kleine. Nicht besonders auffällig. Dunkelblonde Haare, blaue Augen, Pferdeschwanz. Etwas abstehende Ohren. Igitt, auf ihrer Schulter saß eine weiße Maus. Er hasste Mäuse! Schnell steckte er das Handy ein und trank sein Bier aus. Zusammen mit seinem Kumpel würde er die Kleine ordentlich einschüchtern!

Kapitel 1

Ein richtiger Profi

»So«, sagte Lucy und schlug das grüne Buch zu, in dem sie die Einnahmen der letzten Woche eingetragen hatte. Fertig mit der Arbeit! Sie saß an ihrem riesigen Schreibtisch aus schwerer Eiche. Ihre schwarze Lederjacke hing über der Stuhllehne. Die trug sie fast immer, denn sie wollte keine »süße Kleine« sein – obwohl das manchmal auch ganz hilfreich war.

Lucy legte das Buch zurück in die Schublade und schloss sie ab. Den Schlüssel schob sie in die Armlehne ihres Stuhls. Also: Sie hatte die Codes der Geheimfächer geändert und die Annahme der Ware aus Los Angeles geregelt. Der Kontaktmann würde für ihren Vater die geklauten Bilder begutachten und an den Zwischenhändler geben. Außerdem hatte sie die Skizze für den Fluchtweg nach dem Beutezug am kommenden Mittwoch angefertigt. Sie hatte ihrem Cousin Jacky Bescheid gegeben – er würde um Punkt zwölf Uhr den Papierkorb im Park leeren und das Diebesgut in einem Rucksack über den Zaun in den Garten werfen.

Alles eingetragen, alles geregelt. Ihr Vater würde zufrieden sein. Wo blieb der eigentlich?

Lucy trat ans Fenster und schob den Vorhang ein kleines Stück zur Seite. Nein, der blaue Lieferwagen ihres Vaters mit der Aufschrift *Piano Service & Transport* war noch nicht da. Sonst war auch alles unauffällig. Die Straße friedlich und menschenleer und kein Auto auf dem Parkstreifen, das verdächtig aussah, weil es rundum getönte Scheiben hatte oder jemand am Steuer saß, der betont unauffällig Zeitung las oder telefonierte.

Der Himmel war knalleblau, und die Luft flimmerte über dem Asphalt. Bei dieser Hitze blieb Lucy besser drin. In der alten Villa war es schön kühl und dunkel. Und eine kleine Pause hatte sie sich auch verdient.

»Rück mal, Cash.« Sie schob den schokobraunen Riesenzottel, der sich auf ihrem Bett ausstreckte, etwas zur Seite. Er öffnete ein Auge und schielte zur Tür.

»Kannst noch liegen bleiben«, sagte Lucy zu ihm und kraulte ihn liebevoll hinter dem Ohr. »Der Herr des Hauses ist noch nicht zurück.« Sie legte sich neben den großen Mischlingshund und starrte an die Decke. Nichts mehr zu tun. Nicht für den nächsten Auftrag, nicht für die Schule, und ihr Zimmer sah auch ordentlich aus. Na ja, zumindest einigermaßen. Und der Mäusekäfig war sauber. Lucy liebte ihre Mäusefamilie, am meisten Al Capone. Er benahm sich wie ein richtiger Minigangster und klaute sich immer heimlich Futter aus der Packung.

Lucy drehte sich zu Cash und drückte ihre Nase in sein langes Zottelfell. Heute war der erste Ferientag. Aber was hatte sie eigentlich davon? Sie fuhren nicht in den Urlaub, weil ihre Eltern dieses Ding im Juwelierladen planten.

»Die könnten sich ruhig mal wieder etwas Zeit für mich nehmen«, flüsterte Lucy Cash ins Ohr und seufzte. Alleine was unternehmen machte einfach keinen Spaß. Und Freunde hatte sie ja nicht, wenn man mal von Cash und den Mäusen absah. *Keine Freunde außerhalb der Familie,* Punkt 4 im Familienkodex der Familie Longfinger. Und an diese Regeln musste man sich blöderweise halten.

Die anderen in der Schule mochten Lucy. Sie war wieder zur Klassensprecherin gewählt worden. Weil sie die Sachen am besten regelte. Aber wenn es klingelte, packte Lucy ihre Sachen ein und ging. Manchmal hätte sie gerne noch gehört, was die anderen am Nachmittag vorhatten. Aber dann hätte sie sicher auch blöde Fragen zu ihren Eltern oder ihrer alten, geheimnisvollen Villa beantworten müssen. Und sie durfte nun mal nichts preisgeben. Ja, der Kodex. Lucy seufzte noch einmal, als sie an die vielen Regeln dachte, die alle Longfingers seit fast sechshundert Jahren auswendig lernen mussten.

»Immer locker bleiben, Lucy«, sagte sie dann laut. »Seit wann lässt du dir von ein paar Regeln die Laune verderben?«

In diesem Moment klingelte es an der Tür, und sofort ging der Alarm los, ein feiner Ton, der in allen Räumen surrte. Türen schlossen sich automatisch, und Gemälde, die nicht an ihrem Platz waren, glitten zurück. Das Klavier im Wohnzimmer, auf dem nie jemand spielte, rollte zur Seite und gab eine Falltür frei, die sich für genau zweiundzwanzig Sekunden öffnete. Diese Zeit reichte aus, um aus allen Zimmern den Fluchttunnel zu erreichen, den die Falltür verbarg. Lucys Ururgroßvater Jim Longfinger hatte ihn vor über hundert Jahren angelegt.

»Mann!«, brummte Lucy. »Wo ich gerade so bequem liege!« Das musste das angekündigte Paket sein. Lucy schwang die Beine wieder aus dem Bett und ging die breite Treppe der Villa hinab, Cash dicht neben sich. Sein Kopf reichte fast bis an Lucys Schulter. Sie zählte die Sekunden runter. Als die Falltür wieder zugeschnappt war und das Klavier wieder an seinem Platz stand, warf Lucy einen Blick auf den Bildschirm der Türkamera. Zwei Männer in dunklen Anzügen mit schwarzen Handschuhen. Das Paket hatte in etwa die Größe eines Schulrucksacks. Lucy drehte sich zur Uhr um – gleich Viertel vor vier. Eine Viertelstunde zu früh. Sie öffnete die schwere Tür einen kleinen Spalt weit, ließ die Kette aber eingehakt.

»Obacht!«, krähte es aus der Küche. Miss McPie musste sich mal wieder einmischen. »Lass niemanden rein, der nicht Longfinger heißt oder sich für einen Longfinger das Ohr abschneiden ließe. Punkt 12 im Longfinger-Kodex«, krächzte die alte Krähe.

»Ja, ja«, brummte Lucy. »Ich kenn den Familienkodex genauso auswendig wie du!« Doch Miss McPie hatte ihren Kopf schon wieder unter ihren Flügel gesteckt.

Lucy wusste, dass ihr Vater um vier Uhr eine Lieferung für das anstehende Gangstertreffen erwartete. Aber er war noch nicht zurück von der *Bank of America*, wo er Skizzen von der Umgestaltung der Tresorräume anfertigte. Und Lucys Mutter war gerade beim Schmuckladen *Goldrush*, wo sie Interesse an einem Ring vorgab und dabei die Lage der Überwachungskameras checkte. Lucy war allein.

»Lucy Longfinger?« Der größere der beiden Männer hatte Froschaugen, die sich aus dem Kopf herauswölbten. Lucy nickte durch den Türspalt.

»Eine Lieferung für Victor Longfinger.« Lucy nickte wieder.

»Gut, dann mach die Tür auf. Das Paket passt nicht durch den Türspalt, wie du siehst.«

Die Tür aufmachen? Nie im Leben! Ihre Eltern wären stinksauer! Aber ihr Vater wäre oberstinksauer, wenn sie die Lieferung nicht annehmen würde.

»Stellen Sie das Paket vor die Tür«, forderte Lucy. Der Mann mit den Froschaugen trat näher an den Spalt. Er stank nach Zigarren.

»Und was soll ich dem Boss erzählen? Dass wir die Ware einfach vor der Tür abgestellt haben?«

Lucy spürte ein flaues Kribbeln im Magen. Von welchem Boss redeten die denn? Sie schwitzte. Türkette abmachen oder nicht? Sie warf einen Blick auf Cash. Er knurrte und zeigte die Zähne. Okay, Cash würde sie beschützen. Lucy atmete tief durch und klinkte die Kette aus.

»Na, geht doch!«, sagte der andere Typ und drückte heftig die Tür auf. Und schon waren sie drin! Dafür hatte Lucy dem Kleineren schon heimlich eine Karte aus der Hosentasche gezogen.

»Hund weg«, zischte Froschauge. Er schob die Haustür zu.

»Cash, sitz«, befahl Lucy. Ihre Stimme zitterte etwas.

»Braves Mädchen«, sagte der andere. Dieser blöde Spruch sorgte dafür, dass Lucy wieder mutiger wurde. »Ich bin kein braves Mädchen!«

Froschauge lachte. »Wissen wir. Du bist eine Longfinger, ein echtes Gangstergirl.« Lucy zog die Karte aus ihrer Tasche. »Und wer sind Sie? Lassen Sie mal sehen …« Sie warf einen Blick auf die Karte. Es war ein Mitgliedsausweis vom *City Boxing Club*. Lucy erstarrte, als sie den Namen las. *Mario Scirpone*. Ihr Vater hatte ihn oft genug erwähnt. Scirpone arbeitete für King Ratto – den Erzfeind der Familie Longfinger. Verdammt! Was wollte der denn hier? Und sie hatte die Kette abgemacht. Ihr Vater würde ausflippen!

»Oh, welch hoher Besuch in unserem Haus!«, sagte sie so cool wie möglich.

Der Mann griff nach seiner Karte. Doch Lucys Hand war schon weg.

»Sofort her damit!« Die Männer nickten sich zu und nahmen Lucy in die Mitte. Scirpone war kleiner und schmächtiger als Froschauge, doch sein Blick zeigte, wie gefährlich er war. Cash knurrte und sprang Froschauge an.

»Warte, Cash«, sagte Lucy schnell. »Zerfleischen kannst du sie gleich noch, wenn ich weiß, was sie wollen.« Sie wunderte sich selbst, wie eiskalt sie klang, obwohl ihr ganz schlecht war vor Angst.

»So, du kleine Kröte, pass gut auf, was ich dir jetzt sage«, zischte Scirpone und riss Lucy seine Clubkarte aus der Hand. »Der Boss war sehr geduldig mit euch, geduldiger als mit allen anderen. Aber jetzt reicht's ihm. Er verzichtet darauf, dass deine Eltern für ihn arbeiten, aber er will dich! Bis zu deinem Geburtstag musst du dich entscheiden: Entweder du schließt dich seiner Gangstertruppe an, oder …«, er lachte leise und fuhr sich mit dem Finger über den Hals, »Eddie schärft schon sein Messer. Er nimmt sich deine Eltern vor. Erst kommen die Fingerkuppen dran, dann die Zunge, du weißt schon. Seine hübschen kleinen Piranhas haben immer Hunger.« Sein Tonfall wurde bedauernd. »Was wäre das für ein Leben ohne Eltern? Also überleg's dir gut, Longfinger.«

Lucy war starr vor Entsetzen. Bis zu ihrem Geburtstag? Der 25. Juni war in zehn Tagen! Ihr Vater hatte Rattos Drohungen immer abgetan. »Ein Longfinger arbeitet nur für einen Longfinger, und damit basta«, hatte er gesagt. »Und schon gar nicht für so einen skrupellosen Widerling, der sogar Kinder im Waisenhaus beklauen würde.«

Froschauge stieß Lucy seinen Zeigefinger in die Rippen. »Na, was ist?«

»Ich überleg's mir«, murmelte Lucy. Ihr war jetzt wirklich kotzübel.

»Überleg nicht zu lange«, knurrte Froschauge. »Und kein Wort zu deinen Eltern!« Er stieß Lucy von sich, riss die Tür auf, und weg waren sie. Cash bellte ihnen hinterher.

Lucy schaffte es kaum, die Kette wieder einzuhaken, so sehr zitterte sie. Sie lehnte sich von innen gegen die Tür. Männer von King Ratto! Und sie hatte sie reingelassen! Das durften ihre Eltern niemals erfahren. Wie hatte sie nur so einen Anfängerfehler machen können!

Das Paket lag vor ihr auf dem Boden. Hatten sie damit nur reinkommen wollen, oder war wirklich was drin? Die hatten auf jeden Fall gewusst, dass sie alleine war und um vier Uhr eine Lieferung annehmen sollte! Lucy bückte sich. Doch kaum berührte ihre Hand das Paket, gab es einen lauten Knall. Lucy wurde zurückgeschleudert, und eine Stichflamme schoss auf sie zu.

Kapitel 2

Reden ist Silber, Schweigen ist Gold

Lucys Stirn schien zu explodieren. Cash bellte wie verrückt, und jemand schrie – sie selbst! Lucy stürzte ins Bad und hielt den Kopf unter den Wasserhahn. Das tat gut! Sie schaute in den Spiegel. Da waren zwei rote Stellen an ihrer Stirn, die höllisch brannten. Und ein paar Haare waren angekokelt. Eigentlich sollte sie die Stirn länger kühlen. Aber sie musste zurück. Nicht, dass das Paket noch die ganze Villa in Brand setzte!

Lucy lugte vorsichtig um die Ecke und atmete erleichtert auf. Da lagen nur die Reste des Pakets und schwelten vor sich hin. Lucy riss eine alte Jacke von der Garderobe und warf sie darüber.

Das war eine Warnung von Ratto gewesen! So lange, wie Lucy denken konnte, wurde ihre Familie schon vom selbsternannten »King« Ratto, dem gefürchtetsten Gangsterboss Kaliforniens, bedroht. Aber sie hatten sich immer geweigert, für ihn zu arbeiten. Der Longfinger-Kodex sagte in Punkt 6: *Ein Longfinger arbeitet nur für einen Longfinger.*

Und King Ratto war eine ganz andere Art von Gangster als die Longfingers. Kalt und grausam. Und maßlos gierig.

Die Longfingers klauten so viel, wie sie brauchten. Na ja, manchmal ein wenig mehr. Aber nur von denen, die auf einem Haufen Geld saßen und nichts Sinnvolles damit taten. Und jetzt wollte King Ratto gar nicht mehr ihre Eltern, sondern Lucy! Hatte der etwa vor, eine Nachwuchstruppe aufzubauen?

Die Türklingel ertönte erneut. Lucy zuckte zusammen. Der Alarm ging an. Eins, zwei, drei … Sie wollte einfach nur auf dem Boden sitzen bleiben, aber ihr blieb nichts anderes übrig: Sie musste das echte Paket annehmen … einundzwanzig, zweiundzwanzig. Alarm aus, Falltür zu. Lucy krabbelte zur Tür und zog sich an der Klinke hoch. Cash stupste sie mit der Schnauze an, als ob er sagen wollte: Hey, mach bloß nicht denselben Fehler noch einmal.

»Obacht! Lass niemanden rein, der nicht Longfinger …«

»Halt den Schnabel!«, schrie Lucy in Richtung Küche. Das Schreien half. Sie fühlte sich wieder etwas besser. Jetzt bloß die Kette eingehakt lassen.

»Stellen Sie es vor der Tür ab!«, knurrte sie durch den Türspalt. Der Bote war nicht viel älter als sie und nickte schüchtern. Sein Moped stand mit laufendem Motor an der Straße. Als er weg war, holte Lucy das Paket rein. Dann sauste sie die Treppe hoch, um ihr Käppi zu holen. Die angesengten Haare sollte niemand bemerken! Lucy zog die Kappe tief in die Stirn und warf einen Blick in den Spiegel. Nichts mehr zu sehen. Nur ihre Ohren schienen heute noch mehr abzustehen als sonst.

Als ihr Vater endlich zurückkam, deutete nichts mehr darauf hin, dass jemand in der Villa gewesen war. Er sah ganz verschwitzt aus, kein Wunder bei der Hitze draußen. Sein Hemd hatte dunkle Flecken, und er wischte sich mit dem Taschentuch über die Stirn. Lucy drückte ihm das Paket in die Hand. Sie hatte gut gelüftet – trotzdem erwartete sie, dass er nachfragte. Aber ihr Vater fragte nicht. Er sah Lucy nicht einmal an und auch das Paket nicht, er stellte es nur auf dem Küchentisch ab. Was war los mit ihm? Machte er sich Sorgen wegen irgendetwas? Er verhielt sich jedenfalls merkwürdig. Er nahm seine Nickelbrille ab und drückte sie Lucy in die Hand. Er griff nach der Zeitung auf dem Tisch und legte sie in die Spüle. Dann stellte er einen Teller mit Kuchen unter die Kaffeemaschine. Irgendetwas musste passiert sein!

»Dad, alles in Ordnung bei dir?«, fragte Lucy vorsichtig und hielt ihm seine Brille hin.

»Hm«, brummte ihr Vater und schob sich die Brille wieder auf die Nase. Dann sah er Lucy an und kratzte sich am Bart. »Du riechst so …«, er schob den Kopf vor und schnüffelte an Lucy, »so … verbrannt!«

Lucy machte einen Schritt zurück und zog sich ihr Käppi tiefer in die Stirn. »Nein, das war … das muss die Pizza gewesen sein. Sie ist mir angebrannt. Ganz schwarz war sie.«

Ihr Vater kniff die Augen zusammen. »Lucy Longfinger. Lüg mich nicht an.« Mist! Das war Miss McPies Stichwort. Egal, ob jemand *lügen* sagte, oder *lüg* oder *gelogen*, die Krähe ließ ihren Spruch los.

»Obacht! Ein Longfinger muss lügen, dass sich die Balken biegen. Nur nicht innerhalb der Familie!«

Lucy streckte ihr die Zunge raus. »Hab was vergessen«, murmelte sie schnell und flitzte aus der Küche. Ihr Vater kam hinter ihr her.

»Warum trägst du hier im Haus eigentlich dein Käppi?«, fragte er.

»Nur so«, sagte Lucy. Sie spürte seine Blicke im Rücken, als sie die Treppe hochrannte, um ihre Lederjacke zu holen.

»Ach, und danke, dass du zu Hause geblieben bist und das Paket angenommen hast«, rief er die Treppe hoch. »Da ist das braune Seidenhemd drin, was auch mein Vater immer schon auf den Gangstertreffen getragen hat. Ich hatte es in der Reinigung.«

Dieses blöde alte Hemd war also der Auslöser ihres ganzen Schlamassels? Na toll!

Lucy sauste raus, schnappte sich ihr Rad und raste die steile Straße hinunter, direkt auf den blauen Pazifik zu. Sie brauchte ein Eis – das würde ihren Kopf abkühlen. Der platzte fast, so heiß und voll war er. King Ratto, die Explosion, das Ultimatum, nur noch zehn

Tage! Sie stellte sich ihre Eltern ohne Zunge vor. Mit blutenden Fingern. Wie sie in einem Becken voller Piranhas um ihr Leben schwammen. Sie hatte einen dicken Kloß im Hals, der sich nicht runterschlucken lassen wollte. Es war noch immer heiß, viel zu heiß für die Lederjacke, aber der Fahrtwind tat gut – vor allem ihrer Stirn!

Weiter unten wurde der Verkehr dichter. Lucy fuhr viel zu schnell, umkurvte nur knapp die Autos und wurde mehrmals angehupt. Ein Fahrer zeigte ihr einen Vogel, und einer drohte ihr mit der Faust. Was die sich aufregten! Sie war halt schneller!

Vor der Eisdiele *Morelli* am Hafen ließ sie ihr Rad auf den Gehweg fallen. Es saßen nur wenige Leute im Innenraum, und Lucy steuerte einen Tisch in der hinteren Ecke mit Blick zur Tür an. Ihre Stirn brannte höllisch unter ihrer Kappe.

»Hi! Ich hab dich noch nie hier sitzen gesehen. Bist du allein, oder kommt noch jemand?«

Lucy sah auf. Neben ihr stand ein Junge in ihrem Alter, mit dunkelbraunen lockigen Haaren. Er strahlte sie an wie in einer Zahnpasta-Werbung. Lucy verdrehte unwillkürlich die Augen. So ein Sonnenschein hatte ihr gerade noch gefehlt!

»Coole Lederjacke! Bisschen warm vielleicht bei der Hitze, aber cool! Wir haben heute Marzipan-Rosmarin und Holunderblüte. Gerade frisch gemacht. Willst du probieren? Sind ja jetzt Ferien, das muss gefeiert werden!« Lucy starrte den Strahlemann mit der Kellnerschürze an. Wie konnte man nur so drauflosplappern?

»Nein, danke. Drei Kugeln Mango mit Chili. In der Waffel«, brummte sie.

»Mango mit Chili!«, rief der Junge, und seine Stimme wurde ganz kieksig. Er klatschte begeistert in die Hände. »Meine Lieblingssorte! Mann, Mango mit Chili! Das nehmen nur ganz wenige!« Er streckte Lucy die Hand hin. »Toni Morelli. Weißt du, in Italien sagt man, wenn man die gleiche Eissorte liebt, dann passt man perfekt zusammen: *stanno bene insieme!*«

»Ich möchte mein Eis«, sagte Lucy. Mann, der war ja total übermotiviert! Und wieso redete er von »zusammenpassen«?

Der Junge nickte. »Oh, okay. Verstehe. Ist was passiert? Du siehst echt übel aus. Und du hattest es wirklich eilig, oder? Als sei der Teufel hinter dir her, so hast du dein Rad hingeworfen. Und mitten auf den Gehweg.«

Lucy rollte mit den Augen. Der quasselte ja wie ein Wasserfall! Fast wie die Mädchen in ihrer Klasse.

»Hör mal, ich hatte echt einen scheiß Morgen. Kannst du nicht einfach das Eis holen?«

Der Sonnenschein stutzte kurz. »Klar. Bin gleich zurück«, sagte er dann und drehte sich schwungvoll um. Man sah ihm seine gute Laune sogar von hinten an! Der hatte bestimmt zwei beste Freundinnen, mit denen er stundenlang plauderte und die ihm alles erzählten, was sie bedrückte. Und er munterte sie dann auf. Und ging mit ihnen bummeln und Rollschuh laufen.

Toni kam mit zwei Eiswaffeln zurück und setzte sich neben Lucy. »Hab gerade Zeit, da können wir quatschen.«

Quatschen? Sah sie aus, als ob sie quatschen wollte? Lucy nahm ihm das Eis aus der Hand. Ihr fielen sofort die besonders großen Kugeln auf. Oh, da hatte er sich wohl extra ins Zeug gelegt.

Das Eis war schön kalt an der Zunge, und die Kälte stieg direkt nach oben in ihre Stirn. Besser als ein Kühlpack. Und das Morelli-Eis war wirklich das beste der Stadt. Es schmeckte nach echter Mango, nicht so künstlich wie bei *Starfish Ice* ein paar Straßen weiter. Und dieses feine Brennen des Chilis auf der Zunge … hmm. Für einen Augenblick vergaß Lucy alles drum herum.

»Mango mit Chili, ich glaub's nicht«, schwärmte der Strahlemann wieder. Dann rückte er nah an Lucy heran. »Ich hab dich noch nie mit dieser Gangsterkappe gesehen. Ist aber cool!«

Lucy rückte ein Stück weg. *Gangster*-Kappe? Wie kam der denn darauf? Sie antwortete nicht. Sie musste überlegen, wie sie das Ultimatum umgehen konnte.

Toni zeigte noch mal auf Lucys Käppi. »Ist aber zu heiß heute für eine Kappe, oder?«

»Was? Ja, eigentlich schon … aber meine Haare sind etwas angekokelt«, sagte Lucy. Gleich darauf ohrfeigte sie sich innerlich. Das ging ja wohl niemanden etwas an!

»Was?«, rief der Sonnenschein schon. »Was ist denn passiert?« Er grinste. »Mit Streichhölzern gespielt?«

»Quatsch! Ich hatte blöden Besuch.«

»Blöden Besuch? Freunde von dir?«

»Keine Freunde«, brummte Lucy. »So fiese Schurken.«

»Fiese Schurken?« Toni lachte. »Was wollten die denn von dir? Und wie heißt du eigentlich?«

»Lucy Longfinger.« Lucy antwortete irgendwie automatisch.

»Longfinger? Longfinger ist ein seltener Name. Passt aber zur Gangsterkappe.«

Jetzt wurde es Lucy wirklich zu viel. »Muss los«, murmelte sie und stand auf.

»Schade«, meinte Toni. »Komm doch morgen wieder, ja? Übrigens …«, er deutete durch die große Scheibe, »wir haben einen Fahrradständer. Da kannst du dein Rad reinstellen. Sonst kommt ja …«

»… keiner mehr vorbei«, beendete Lucy seinen Satz. »Hier!« Sie drückte ihm das Geld in die Hand.

»Danke«, sagte Toni. »Mein eigenes Rad passt übrigens nicht in den Ständer. Ist zu lang.«

»Aha«, machte Lucy. Was interessierte sie sein Rad?

»Ist nämlich ein Lastenrad«, fuhr Toni eifrig fort. »Es steht hinter dem Haus. Muss ich dir mal zeigen. Eigentlich liefere ich damit unser Eis aus. Aber ich kann auch alles Mögliche mitnehmen, meine Rollschuhe und sogar Gina, meine kleine Schwester.« Lucy war schon an der Tür. Toni rief ihr hinterher: »Wenn du morgen kommst, lad ich dich ein. Mango mit Chili natürlich. Wenn du willst, drei Kugeln. *Stanno bene insieme!* Stell dein Rad aber in den Fahrradständer, ja?«

Lucy machte schnell die Tür zu. Puh, war der anstrengend! *Ich lad dich ein.* Eine Longfinger ließ sich doch nicht einladen!

Während sie ihr Rad aufhob, wurde ihr schlagartig bewusst, dass sie zu viel geredet hatte. Diese Quasselstrippe hatte ihr alles aus der Nase gekitzelt. Verdammt, so was war ihr doch noch nie passiert! Heute war echt nicht ihr Tag.

»Ich habe eine gute und eine schlechte Nachricht«, sagte ihr Vater beim Abendessen. Er hielt einen Briefumschlag hoch, und Lucy ahnte sofort, dass seine komische Stimmung von heute Nachmittag mit diesem Brief zusammenhing. Sie bestrich ihr Brot dick mit Schokocreme und schielte dabei zu ihrer Mutter rüber.

»Lucy, nicht schon wieder Süßes zum Abendessen! Nimm lieber Käse«, sagte ihre Mutter und schob ihr den Käseteller hin.

Käse statt Schokocreme? Nö. Lucy dachte an das Eis, das sie schon gegessen hatte. Und an Toni Sonnenschein. Sie bekam schlechte Laune. »Ich brauch das. Bin unterzuckert.« Ihre Mutter zog die Augenbrauen hoch. Ihr Vater sagte: »He, hört mir überhaupt jemand zu?«

»Erst die gute Nachricht«, sagte Lucy.

»Okay, also die gute«, sagte ihr Vater. »Wir haben die Einladung zum 56. Gangstertreffen erhalten. Es findet diesmal tatsächlich hier in Mable Beach statt. Hab ich's doch gewusst! Und, Lucy, hier steht's schwarz auf weiß: Du nimmst dieses Jahr das erste Mal am *Tricky-Hands*-Wettkampf teil – und wirst uns damit den Titel nach Hause holen.«

»Und den Goldbarren dazu.« Lucys Mutter zwinkerte ihr zu. »Das schaffst du, mach dir keine Sorgen.«

Mach dir keine Sorgen? Der blöde Goldbarren war das Letzte, worüber sie sich jetzt Sorgen machte!

»Jetzt die schlechte«, sagte ihr Vater und warf ihrer Mutter einen besorgten Blick zu. Lucy wurde es flau im Magen. Ihre Mutter legte ihr Besteck beiseite. »Sag schon!«

Ihr Vater nahm wieder den Brief. »Nun, ja, King Ratto lässt sich diesmal nicht vertreten. Er wird den Vorsitz persönlich führen.«

Lucys Magen krampfte sich zusammen.

»O nein«, sagte ihre Mutter, und ihr Vater nickte. »Man munkelt, dass er seinen Forderungen mehr Nachdruck verleihen will. Wir müssen vorsichtig sein.«

Lucy sah von einem zum anderen. »Wir können nicht hingehen«, sagte sie. Ihre Mutter schüttelte den Kopf. »Quatsch, wir lassen uns doch nicht einschüchtern!«

Aber es klang recht dünn. Sie war aufgestanden und lief auf und ab.

»Nur wir fehlen ihm noch«, sagte ihr Vater. »Er wird keine Ruhe geben, bis auch wir für ihn arbeiten. Wie die anderen Familien.«

Nur *ich* fehl ihm noch, nicht *ihr*!, dachte Lucy. Aber sie sagte nichts. Ihre Mutter blieb stehen und ballte die Fäuste. »Uns kriegt er nicht«, sagte sie entschlossen. »Wir arbeiten für keinen anderen und schon gar nicht für Ratto, diesen Fiesling. Damit würden wir auch seine grausamen Methoden akzeptieren. Willst du das?«

Lucys Vater schüttelte den Kopf. »Natürlich nicht. Bisher haben wir es ja auch geschafft. Aber …«, er warf einen Blick auf Lucy, »… wir können auch nicht riskieren, dass er uns was antut.« Lucy schluckte. Sie starrte nur auf ihren Teller. Wenn die wüssten!

Später im Bett konnte Lucy nicht einschlafen. Sie musste ihren Eltern sagen, dass King Ratto nur sie wollte. Dass er ihr ein Ultimatum gestellt hatte. Aber sie machten sich doch Sorgen genug! Und sie würden schrecklich schimpfen, dass sie die Männer reingelassen hatte. Vielleicht konnte sie diesen Teil weglassen?

Noch einen Tag nachdenken, beschloss Lucy. Oder zwei. Wenn ihr bis dahin keine Lösung eingefallen war, würde sie ihren Eltern alles erzählen. Sie hatte nur zehn Tage! Dann würde Ratto ihren Eltern etwas antun! Oder sie an die Piranhas verfüttern! Lucy verdrängte die Bilder, die vor ihren Augen erschienen. »Kopf hoch, Lucy«, ermahnte sie sich. »Dir fällt doch immer was ein!«

Was für ein erster Ferientag! Sie holte Cash hoch und schmiegte sich an ihn. Wie immer tat ihr seine Nähe gut und beruhigte sie. Lucy drückte ihre Nase tief in sein Fell. Cash roch immer etwas muffig, aber Lucy liebte diesen Geruch. Trotzdem dauerte es stundenlang, bis sie endlich einschlief.

KAPITEL 3

Volltreffer

Lucy saß senkrecht im Bett. King Ratto. Das Ultimatum. Heute hatte sie nur noch neun Tage! Was sollte sie bloß tun? Plötzlich schoss ihr noch etwas anderes in den Kopf: Gestern in der Eisdiele. Sie hatte zu viel geredet. Was hatte sie diesem Toni bloß alles erzählt?

»Ihr seid später dran«, sagte sie zu Al Capone und den anderen Mäusen. Al Capone legte sein weißes Köpfchen schief, und Lucy wusste, was das hieß: *Lass uns in die Tunnel!*

Die Tunnel waren aus der alten Kanalisation entstanden und durch die Gangsterfamilien im Laufe der Zeit fleißig ausgebaut worden. Auch ihr Fluchttunnel unter der Villa schloss sich daran an.

»Später vielleicht«, sagte Lucy zu Al Capone. »Ich muss erst mal frühstücken und über etwas nachdenken.«

Auf dem Küchentisch fand sie einen Zettel:

Mussten runter zum Hafen. Genieß deinen zweiten Ferientag und mach was Schönes! Kuss Mum

Lucy seufzte. Vielleicht hätten sie mal *zusammen* was Schönes machen können? Aber ihre Eltern hatten nun mal viel zu tun. Ihr würde schon etwas einfallen. Vielleicht zum Parkour gehen? Oder in die Tunnel?

Sie griff nach der Knäckebrotpackung. Das war ihr Lieblingsfrühstück: Ein Sesamknäckebrot mit cremigem Rapshonig. Miss McPie legte auf ihrer Stange den Kopf schief, und Lucy warf ihr einen Krümel hin. Es waren nur noch, Lucy zählte sie durch, neun Scheiben Knäckebrot in der Packung. Neun! Lucy erstarrte. Für jeden Morgen eine Scheibe, bis das Ultimatum ablief. Was für ein gruseliger Zufall. Sie verdrängte den Gedanken. Seit wann war sie abergläubisch?

Lucy kaute fünf Minuten lang auf einem Stückchen Knäckebrot herum. Was genau hatte sie diesem Toni gestern in der Eisdiele erzählt? Sie stand entschlossen wieder auf. »Es hilft nichts, Lucy Longfinger. Du musst hinfahren und hören, ob du zu viel gezwitschert hast!« O nein, *gezwitschert.* Miss McPie hörte auf ihrer Stange jedes Wort.

»Obacht! Ein Longfinger zwitschert nicht, schließlich ist er kein Vogel! Punkt 13 im Kodex!«

»Ja, ja«, rief Lucy. Was hatte ihr Opa sich nur dabei gedacht, diesem Vogel den Kodex einzutrichtern!

Wenig später warf Lucy ihr Rad vor der Eisdiele auf den Gehweg. Fast traf sie das weiße Lastenrad mit dem himbeerroten Sattel, das an der Hauswand lehnte. Auf der Holzbox zwischen Vorderrad und Lenker stand: *Morelli Ice Cream – fresh and cool like you!*

Weiß mit Himbeerrot – typisch Sonnenschein-Toni.

Mr. Morelli war gerade damit beschäftigt, die Eisbehälter in die Theke zu stellen. Neben ihm stand ein kleines Mädchen mit dunkelbraunen Locken und quasselte auf ihn ein. Diese dunklen Locken, das Plappermaul – das konnte nur Tonis kleine Schwester sein. Als habe man Toni geschrumpft und in ein weißes Kleidchen gesteckt. Aber sie war süß. Manchmal wünschte Lucy sich auch eine Schwester – aber nur manchmal. Man konnte sie schließlich nicht einfach wegpacken, wenn sie zu viel quasselte.

»Du bist ja wirklich gekommen!«, rief Toni, als er sie entdeckte. Er band sich die Schürze zu und kam zu ihr. »Ts, ts, ts. Wie war das noch mit dem Fahrradständer? Übrigens …«, er zeigte auf das kleine Mädchen, das noch immer ununterbrochen plapperte, »… das ist meine kleine Schwester Gina.«

»War klar«, murmelte Lucy.

Toni lachte und kam dann noch näher. »Ich hab noch mal drüber nachgedacht, du bist wirklich Gaunerin, oder?«, sagte er.

»Psst!«, machte Lucy erschrocken. Sie schaute sich schnell um, ob jemand etwas gehört haben konnte. *Gaunerin!* Schon wieder! Wie kam er nur darauf?

»Haha«, sagte sie betont lässig. »Sehr witzig. Nur weil ich eine *Gangster*-Kappe trage?

»Nein«, sagte Toni. »Nicht nur deswegen. Aber du hast voll ertappt ausgesehen, als ich das gesagt habe. Und der Besuch von den *fiesen Schurken,* wie du sie genannt hast? Hört sich doch nach krummen Geschäften an.«

Hatte sie *fiese Schurken* gesagt? Lucy hätte sich in den Hintern beißen können. Toni plapperte weiter. »Und dann eure scharfe Alarmanlage. Wozu? Eure Villa ist zwar groß, aber ... na ja, sie könnte mal einen neuen Anstrich gebrauchen, und ein paar Bretter sind auch lose, und das ... «

»Was?« Lucy sprang auf. »Du hast mir nachspioniert? Spinnst du?«

Toni redete einfach weiter. »Aber geheimnisvoll ist sie, mit den ganzen Türmchen. Ich wette ...«, er zwinkerte Lucy verschwörerisch zu, »... dein Zimmer ist das mit dem Erker im ersten Stock, oder?« Lucy runzelte die Stirn.

»Außerdem habt ihr kein Türschild«, plapperte Toni weiter. »Und das Spielzeug im Vorgarten – dabei hast du doch gar keine Geschwister. Soll wohl harmlos wirken, was?«

»Woher weißt du das denn alles?« Lucy war jetzt so baff, dass sie glatt ihren Ärger vergaß.

»Ach, was man so rauskriegt, wenn man nett mit den Nachbarn plaudert.« Toni grinste zufrieden.

Lucy ließ sich langsam zurück auf ihren Stuhl sinken. Was hatte sie bloß angerichtet?

»Aber das Beste kommt noch«, verkündete Toni, als ob er eine Eins mit Sternchen verdient hätte. »Der Name Longfinger. Stammt aus dem frühen elften Jahrhundert. Und was heißt Longfinger? Nichts anderes als Dieb! Er zog erwartungsvoll die Augenbrauen hoch. »Na?«

Lucy lächelte ihn zuckersüß an. »Aber das heißt doch nicht, dass die Longfingers heute noch Gauner sind! Da reimst du dir was zusammen.«

Toni hielt kurz inne. »Du hast recht. Das ist kein Beweis. Aber als du gesagt hast …«

»Stopp!«, rief Lucy und setzte sich kerzengerade hin.

»Also gibst du zu, dass es stimmt?«

»Nein, verdammt! Ich will nur nichts mehr davon hören.«

»Volltreffer!« Toni grinste zufrieden. Dann schüttelte er langsam den Kopf. »Wow!«

Lucy stand auf. »Ich habe es nicht zugegeben. Ich habe nur gesagt, dass …«

»Ich sag keinem was, versprochen. Gangsterehrenwort!« Tonis Augen leuchteten. »Komm, ich lad dich ein. Drei oder vier Kugeln?«

»Fünf«, forderte Lucy und ließ sich zurück auf den Stuhl sinken. Die hatte sie sich jetzt aber verdient. *Gangsterehrenwort* – na, hoffentlich hielt er das. Toni Sonnenschein war ganz schön auf Zack, das musste sie zugeben.

Am späten Nachmittag fuhr Lucy zum Parkour-Training. Es waren ein paar Wölkchen am Himmel, aber die sahen nicht nach Regen aus. Und abgekühlt hatte es auch noch nicht. Lucy war nass geschwitzt, als sie im Hafen an der alten Lagerhalle ankam, in der das Training stattfand. Parkour war die ideale Sportart für sie. Schließlich musste ein Gangster überall hinkommen und auch schnell wieder weg, wenn nötig. Das Training vom *Urban Sports Club* fand meistens in der alten Halle statt. Manchmal aber auch in der Stadt. Und Lucy hatte natürlich noch ihre eigenen Orte, an denen sie trainierte. In den Tunneln zum Beispiel, da gab es einige tolle Gelegenheiten. Wie das drei Meter tiefe Loch, aus dem sie nur wieder herauskam, wenn sie sich mit Händen, Rücken und Po Stück für Stück hochschob. Oder die schräge Tunnelwand, die sie entlangsprintete. Beim Parkour ließ man sich nämlich nicht aufhalten, nicht von Stahl, nicht von Beton, nicht von Glas, nicht von drei Metern Höhe oder vier Metern Tiefe. Das war cool. Und sie war die Beste! Keiner im Club war so schnell wie sie, und keiner traute sich, was sie sich traute. Selbst der Trainer nicht.

Als Lucy nach Hause kam, war sie ausgepowert. Sie hatte jedes noch so hohe Hindernis genommen und war die Strecke vom Hafen zur Villa in Rekordzeit zurückgeradelt. Ums Duschen kam sie nicht herum. Das war Lucy sonst eher lästig, doch heute tat es ihr gut. Sie duschte lange und stellte sich vor, wie das Wasser ihre Schusseligkeit der letzten beiden Tage in den Abfluss spülte.

»Es gibt Muscheln heute!«, rief ihre Mutter von unten, gerade als Lucy fertig war. Muscheln, na toll. Ihre Mutter legte Wert darauf, dass Lucy wusste, wie man einen Karpfen zerlegte, Austern schlürfte und Weinbergschnecken mit Zange und Gabel aß.

»Als Longfinger muss man sich in allen Kreisen sicher bewegen können«, sagte sie immer, wenn sie Lucys angewiderte Miene sah.

Als Lucy runterkam, hörte sie ihre Mutter aus der Küche rufen. »Wie sieht denn die Krähe aus? Ich hoffe, das ist nur die Mauser.«

Tatsächlich! Miss McPie sah total zerrupft aus, wie immer, wenn sie in der Mauser war und ihr Gefieder sich erneuerte. Das passierte einmal im Jahr. Aber diesmal war es besonders schlimm. Sofort tat Lucy leid, dass sie die Krähe manchmal so beschimpfte.

Miss McPie hob den Kopf und krähte: »Obacht! Lass einem Vogel seine Mauser, dann lässt er dir deine Flausen im Kopf. Punkt 21 im Kodex!« Dieser Punkt war wirklich lustig, das musste man ihm lassen.

Ihre Mutter legte den Arm um Lucy. »Siehst du? Der Kodex gibt uns auf viele Dinge Antwort. Wir lassen Ratto seine Geschäfte machen, und er lässt uns unsere eigenen Ideen. Jetzt hol bitte deinen Vater, sonst werden die Muscheln kalt.«

Lucy seufzte. Ratto lässt uns unsere Ideen? Von wegen!

KAPITEL 4

Ein Longfinger hat keine Freunde!

»Das gibt es doch nicht! Du hier im Park?«

Lucy erschrak. Die Stimme kannte sie doch! Jemand rannte quer über die Wiese auf sie zu. In diesem Teil des Pickford Parks umrundete ein Kiesweg die riesige Wiese mit den uralten Platanen. Cash begann zu knurren. Lucy starrte die Gestalt an, die mit wehenden dunklen Haaren auf sie zu rannte. O nein! Diese Locken, das gebräunte Gesicht, der breite Mund … das konnte nur einer sein! Sollte sie wegrennen? Zu spät! Toni Sonnenschein stand schon vor ihr und japste nach Luft. »Mensch, was für ein grandioser Zufall! Ich hätte nie gedacht, dass du hier im Park bist!«

An diesen *grandiosen Zufall* glaubte Lucy nicht eine Sekunde.

»Zufall?« Sie zog eine Augenbraue hoch.

Toni grinste Lucy an. »Hast recht. Ich bin dir gefolgt. Tut mir leid.«

»Wow, bist du ehrlich«, sagte Lucy und meinte es ausnahmsweise ernst. Toni hockte sich neben Cash. Der wedelte mit dem Schwanz. Lucy zog an der Leine. Cash war *ihr* Hund. »Los, Cash.« Cash blieb sitzen und legte seinen Kopf auf Tonis Knie.

Toni seufzte. »Mensch, so ein lieber Hund. Von wegen scharfer Wachhund.« *Scharfer Wachhund?* Hatten das etwa auch die Nachbarn gesagt, die Toni vorgestern über die Longfingers ausgequetscht hatte? »Cash! Los!« Lucy zog fester. Toni, der sich in der Hocke etwas gegen ihn gelehnt hatte, verlor das Gleichgewicht und plumpste nach vorne auf die Wiese. Er rappelte sich auf und lachte. »He, Cash kann nichts dafür!« Er kam hinter Lucy her. »Warte doch mal. Ich wollte dich fragen, ob wir mal zusammen was machen. Ins Kino gehen oder so.«

»Ins Kino gehen?«, fragte Lucy entgeistert. »Hast du keine anderen Sorgen?« Sie ging etwas schneller.

»Äh, nein«, sagte Toni gut gelaunt. »Warum sollte ich Sorgen haben? Oh, hast du welche? Wenn ja, dann kannst du sie mir ruhig …«

»Nein. Und wenn ich welche hätte, dann würde ich sie bestimmt nicht *dir* auf die Nase binden.« Sie sagte es schnippisch, musste aber ein Grinsen unterdrücken.

Toni plapperte weiter: »Weißt du, im Kino läuft gerade ein total cooler Gangsterfilm mit …« Lucy blieb stehen und funkelte ihn an.

»Okay, schon gut. Vielleicht ein anderer Film. Da läuft noch so eine Komödie mit der, du weißt schon, der Hübschen mit den blonden Haaren und den blauen Kulleraugen, na, wie heißt sie noch, ich komm gleich drauf …«

»Kein Kino!« Lucy lief schneller. Mal sehen, wie lange

Toni Schritt halten konnte. Sie jedenfalls konnte ziemlich zügig gehen. Aber Toni hatte die längeren Beine. Und quasselte weiter, egal wie schnell sie liefen. »Ich weiß, auf welche Schule du gehst. Willst du wissen, wo *ich* hingehe? Du wirst es nicht glauben, keine hundert Meter weiter, in die …«

Lucy hörte nur mit einem Ohr zu. Sie sollte besser zurückgehen. Cash war genug gelaufen und hatte sein Geschäft erledigt. Sie wollte noch Einnahmen ins Buch eintragen. Dann musste sie noch einen Plan machen, wie sie das Ultimatum umgehen konnte. Das war das Wichtigste. Sie drehte auf der Stelle um. Und zuckte zusammen. Da hinten, war das nicht Scirpone? Klein, schmächtig, dunkler Anzug. Beschattete der sie etwa? Oder … wollte er sie womöglich fangen und zu King Ratto bringen? Bloß weg hier!

Sie lief wieder los, Toni auf den Fersen. »He! Was ist los? Ist es wegen dem Mann da hinten? Verfolgt der uns?«

»Bingo«, sagte Lucy. »Aber musst du so schreien?« Kurzentschlossen drückte sie Toni die Leine in die Hand. »Hier. Cash hilft dir, den Typen aufzuhalten.«

»Äh … und wie …?«

»Lass dir halt was einfallen. Du hast doch so viel Phantasie!«

Toni grinste und setzte sich in Bewegung, Cash folgte ihm. Aber Scirpone durfte Tonis Gesicht nicht sehen. Lucy wollte Toni nicht in Gefahr bringen. Schnell lief sie ein paar Schritte hinterher. »Toni, halt«, rief sie und drückte ihm ihr Käppi in die Hand. »Setz die auf.« Toni nahm verblüfft das verschwitze Käppi, setzte es aber ohne zu zögern auf. Lucy schob es ihm schnell tiefer ins Gesicht und gab ihm dann einen sanften Schubs. Toni und Cash liefen genau auf Scirpone zu. Ob Toni schon einen Plan hatte? Lucy gab Gas und rannte an der nächsten Weggabelung im Schutz der Rhododendronbüsche auf die Terrasse des Cafés zu. Sie wollte hinten ins Café rein und vorne wieder raus.

Kurz blieb sie hinter einem Busch stehen und lugte zwischen den Ästen durch. Toni lag auf dem Boden, seine Tasche neben ihm, und alle seine Sachen waren um ihn herum verstreut. Er hielt sich den Arm. Cash sprang an dem Mann hoch, und der hatte alle Hände damit zu tun, den riesigen Hund abzuwehren. Lucy musste lachen. Toni und Cash zogen eine tolle Show ab.

Lucy lief über die Terrasse in das Café hinein und vorne aus dem Eingang wieder heraus. Sie musste nur rechts abbiegen und ein Stückchen ihre Straße rauf. Und was stand da? Ein weißes Lastenrad mit himbeerrotem Sitz und Transportbox. Aha, es war sogar ein E-Bike! Es parkte an der Straße keine hundertfünfzig Meter von der Villa entfernt. Typisch Toni, dachte Lucy grinsend, als sie in die Box schaute. Darin lagen Flip-Flops mit Ananasmuster.

Ihre Eltern waren nicht da. Lucy wartete hinter der Gardine unten in der Bibliothek auf Toni. Wenig später sah sie ihn kommen. Er strahlte über das ganze Gesicht und quatschte Cash voll. Der arme Hund. Doch Cash schien es nicht zu stören. Lucy sah, wie seine Ohren sich vor- und zurückbewegten und er bei jedem Schritt mit dem Schwanz wedelte. Er vertraute Toni – und eigentlich konnte man sich auf Cashs Menschenkenntnis verlassen. Lucy sprang zur Haustür, bevor Toni klingeln und das Alarmsystem auslösen konnte. Trotzdem meldete sich die Krähe. »Obacht! Lass niemanden rein, der nicht …«

»Ja doch!«, rief Lucy und öffnete die Tür.

»Und, wie war ich? Gut, oder? Ich wollte erst …«, setzte Toni an.

»Gut gemacht«, sagte Lucy knapp.

»Nicht der Rede wert.« Toni strahlte. »Das tun Freunde doch füreinander. Ich hab zur Seite geguckt und bin voll in ihn reingelaufen. Fast tat er mir leid, weil …«

»Okay, danke«, sagte Lucy. »Komm, Cash!« Sie wollte die Haustür gerade zudrücken, da hörte sie Toni sagen: »… er ja schon alt war.«

Lucy stutzte und öffnete die Tür wieder. »Alt?«

Scirpone war nicht alt. Toni nickte. »Ja, ein alter Opa. Bist du dir sicher, dass er dich …«

Lucy warf die Haustür zu. Das durfte doch nicht wahr sein! Es war gar nicht Scirpone gewesen. Niemand hatte sie verfolgt. Jetzt sah sie schon Gespenster!

Sie nahm Cash die Leine ab und atmete erst mal tief durch. Was ein Morgen. Dieser Toni schon wieder! War der etwa in sie verknallt? Hoffentlich nicht! Aber bei dem Gedanken daran, wie Toni mit seinen Siebensachen auf dem Boden gelegen hatte, musste Lucy wieder grinsen. »Das tun Freunde doch«, wiederholte sie Tonis Satz. Sofort krächzte Miss McPie los. »Ein Longfinger hat keine Freunde außerhalb der Familie. Punkt 4 im Kodex. Keine Freunde!«

»Ja, du blödes Federvieh! Das weiß ich auch!« Lucy warf ihre Jacke nach der Krähe und stapfte hoch in ihr Zimmer.

An ihrem Schreibtisch fühlte Lucy sich heute noch kleiner als sonst. Er war leer, bis auf das Telefon, ihr Laptop und das weiße Blatt, das immer bereitlag. Sie schob es hin und her. Sie brauchte einen Plan! Lucy nahm einen Stift und schrieb *Ultimatum* auf das Blatt. Sie konnte sich schlecht konzentrieren. Immer wieder musste sie an den Mann im Park denken. Wer war das gewesen? Nur ein Spaziergänger? Lucy unterstrich *Ultimatum* dreimal. Dieser fiese Ratto! Vielleicht sollte sie mal aufschreiben, was sie bisher alles über ihn wusste. Dann würde ihr vielleicht eine Schwäche auffallen, bei der sie ihn packen konnte. Ihre Eltern hatten ihr ja schon einiges über ihn erzählt.

Lucy klappte ihr Laptop auf und suchte im Gangster-Web nach Ratto. Es gab mehrere Einträge. Lucy öffnete das Schreibprogramm und tippte ein, was sie über Ratto wusste und im Netz fand.

Ratto

Vorname Joseph, geboren am 31.12.1979 in Los Angeles, also über 40 Jahre alt (jünger als Dad, dabei sieht er viel älter aus!), nennt sich selbst »King«

So sieht er aus: Glatze, tätowierte Linie von der Stirn bis zum Kinn (warum eigentlich? Sagt man deshalb, er habe zwei Gesichter?), groß, hager, ein hellblaues und ein grünes Auge (echt oder Kontaktlinse?)

Familie: Vater Joseph Frank Ratto, Mutter unbekannt, Vater hat die Familie regiert, seine Jahre ältere Schwester Brenda ist mit 16 abgehauen, sein Bruder Frank wurde vor acht Jahren bei einem Überfall erschossen, angeblich befindet sich seine Asche in Rattos Siegelring

So ist er: gemein, grausam, gefährlich, wohl nicht so schlau wie Vater und Bruder, hat vor nichts Angst, außer krank zu werden, besitzt einen eigenen Tennisplatz und Fitnesstrainer, Vegetarier (nicht aus Tierliebe!), krankhaft ordentlich, zwingt andere Gangsterfamilien, für ihn zu arbeiten.

Das war ja schon eine ganze Menge! Damit sollte sich doch was anfangen lassen. Hm …

Das Telefon auf ihrem Schreibtisch klingelte, und Lucy zuckte zusammen. Ihre Telefonnummer hatten nicht viele. »Ja?«

»Hi! Ich bin's, Toni!«

Lucy fiel der Stift aus der Hand. Toni? »Woher hast du unsere Nummer?«, rief sie ins Telefon.

Toni kicherte. »Och, das war gar nicht so schwer,

weißt du, ich hab einfach …« Lucy verzog das Gesicht, als hätte sie Zahnschmerzen. »Egal! Du sollst mich nicht anrufen. Und nicht zu mir kommen!«

»Weiß ich doch«, sagte Toni gut gelaunt. »Aber manchmal geht es halt nicht anders. Und da du mir vorhin die Tür vor der Nase zugeknallt hast, ich dich aber dringend etwas fragen muss …«

Lucy seufzte. Dieser Typ war echt unglaublich. »Was ist denn?«, fragte sie und gab sich Mühe, nicht zu unfreundlich zu klingen.

»Ich wollte dir was vorschlagen. Einen Deal.«

Lucy stöhnte. »Ich mach keine Deals mit dir.«

»Okay, es ist eigentlich auch kein Deal. Eher ein Angebot. Also … kannst du dir vorstellen, in den Ferien in der Eisdiele zu jobben? Wir brauchen eine Aushilfe.«

»Spinnst du?« Lucy schüttelte den Kopf. »Eine Longfinger jobbt doch nicht!«

»Okay, okay«, sagte Toni. »Ist überhaupt nicht schlimm. Dann suchen wir uns eben jemand anderen. Ich will schließlich auch mal Zeit haben, meine Freunde zu treffen.« Lucy stellte sich Toni im Kino vor. Er saß in der Mitte, eine Riesenschachtel Popcorn auf dem Schoß, zu beiden Seiten eine Freundin. Sie quatschen den ganzen Film hindurch.

Tonis Stimme holte Lucy in die Realität zurück. »Übrigens, ich hab noch –«

Lucy legte auf. *Seine Freunde* … Sie gehörte auf jeden Fall nicht dazu.

Kapitel 5

Der Auftrag

Lucy radelte ausnahmsweise langsam und pfiff dabei vor sich hin. Sie war auf dem Weg zum Baumarkt. Zum Glück war es heute etwas kühler als gestern.

Am Morgen war sie schweißgebadet aufgewacht und hatte trotzdem gefroren. In der Knäckebrotdose waren nur noch sieben Knäckebrote gewesen. Sieben Tage! Lucy hatte sich ganz fest vorgenommen, später in aller Ruhe über das Ultimatum nachzudenken. Beim Planen war sie doch unschlagbar! Das hatte sie von ihrem Großvater geerbt. Mit dieser Gewissheit hatte sie ihre Ruhe wiedergefunden und sich einfach einen schönen Morgen gemacht. Nach der Scheibe Knäckebrot hatte sie noch zwei Erdnussbutterbrote gegessen und dabei das neue Detektivspiel auf dem Handy gespielt. Sie war Sergeant Hopps gewesen, die kluge junge Detektivin, der nichts entging. Es war immer gut, mal die Perspektive zu wechseln. Sie hatte überlegt, ob sie sich zum Geburtstag ein neues Handy wünschen sollte. Ihres war schon alt. Das Spiel würde viel mehr Spaß machen auf einem größeren und besseren Handy.

Ihre Eltern waren wieder einmal unterwegs, deshalb hatte sie auch mit den Mäusen in die Tunnel gehen können. Ein guter Morgen also. Jetzt musste sie nur noch die Seile für ihren Vater besorgen. Und gleich danach würde sie sich an den Schreibtisch setzen und einen Plan machen. Gestern hatte Toni Sonnenschein sie schließlich mit seinem Anruf gestört. Kein Wunder, dass ihr nichts eingefallen war!

Im Baumarkt ging Lucy an den Regalreihen entlang. Schrauben, Muttern, Dübel. Hm, Nägel und Ösen. Wie viele verschiedene Nägel es gab! Wo waren denn die Seile? Im nächsten Regal wurde Lucy fündig. Seile in allen Dicken und Längen. Sie sollte zwei Stück holen, daumendick und je ein Stockwerk lang. Lucy bückte sich und ließ die zwei gerollten Seile blitzschnell in ihrem Rucksack verschwinden.

Sie kannte Pete, den Besitzer des Ladens – er brauchte das Geld eh nicht, er hatte ein Riesenhaus und mindestens fünf fette Geländewagen.

Als sie sich wieder aufrichtete, schob sich plötzlich eine Hand durch das Regal. Die Hand trug blaue Fahrradhandschuhe und hielt ihr einen Zettel hin. Lucy pflückte ihn blitzschnell aus den Fingern.

12 Uhr, Spielplatz Pickford Park, Blaue Bank. Geheimdienst! stand darauf. Lucy sprintete los. Zum Ende der Regalreihe, um das Regal herum. Wer hatte ihr den Zettel gegeben? Der Gang war leer. War es wirklich jemand vom Geheimdienst gewesen? Konnte das überhaupt sein? Der Geheimdienst arbeitete für den Staat und verschaffte der Regierung Informationen. Zum Beispiel über schlimme Verbrecher oder um Anschläge zu verhindern. Wenn der Geheimdienst hier in Mable Beach tätig wurde, musste es um etwas ziemlich Wichtiges gehen … bestimmt nicht um die kleine Gaunerfamilie Longfinger. Oder war das eine Falle? Da steckte vielleicht King Ratto dahinter! Aber der hatte ihr ja das Ultimatum gestellt. Warum sollte er sie jetzt in eine Falle locken?

Lucy rannte durch den Laden. Der Mann da mit der Trainingsjacke vielleicht? Sie tippte ihn an. Der Mann drehte sich zu ihr um. »Ja?«, fragte er freundlich.

»Äh, Entschuldigung«, stammelte Lucy. »Ich dachte nur …«

»Kann ich dir helfen, Kindchen?«, fragte der Mann.

Lucy schüttelte den Kopf und rannte zum Ausgang. Der war es bestimmt nicht gewesen. Auf der Straße war niemand zu sehen. Was sollte sie tun? *12 Uhr, Spielplatz Pickford Park, blaue Bank.* Hinfahren? Lucy warf einen Blick auf die Uhr. Halb zwölf. Entschlossen hob sie ihr Rad auf. Klar – sie musste schließlich wissen, worum es ging!

Lucy trat kräftig in die Pedale. Es ging den Berg hoch, der zu ihrem Viertel führte. Mit der Lederjacke kam sie ganz schön ins Schwitzen. Sie hielt kurz an und klemmte sie auf den Gepäckträger. Gleich kam die Pickford Street, da musste sie zum Spielplatz abbiegen.

Doch im letzten Moment bog sie nicht ab, sondern fuhr weiter geradeaus. Nein! Eine Longfinger in Kontakt mit dem Geheimdienst? Das war ja wie ein Bankräuber, der mit der Polizei zusammenarbeitete. Total absurd! In ihrem Kopf hörte sie Miss McPie: Die Polizei ist nicht dein Freund und Helfer, und du bist nicht der Freund und Helfer der Polizei. Punkt 10! Und der Geheimdienst war das Gleiche wie die Polizei. Beide standen auf der anderen Seite des Gesetzes als sie. Lucy trat noch fester in die Pedalen.

Aber was, wenn der Geheimdienst etwas über ihre Familie wusste? Und ihre Eltern deswegen ins Gefängnis kommen würden? Lucy bremste, dass die Reifen quietschten. Sie wendete. Nur mal einen Blick auf die Bank werfen.

Weit genug vom Spielplatz entfernt sprang sie vom Rad und schob es in die Büsche. Dann huschte sie geduckt den Weg zum Spielplatz entlang, der dicht bewachsen war. So dicht, dass es kühl zwischen den Bäumen und Sträuchern war. Das fanden wohl auch die Vögel angenehm. Um Lucy herum zwitscherten sie fröhlich und hüpften von Ast zu Ast. Jetzt sah sie die blaue Bank auf dem Spielplatz. Da saß tatsächlich jemand, aber ... vom Geheimdienst war der nicht. Nur ein alter Opa, ein Asiate oder so. Wieder hörte Lucy in Gedanken die Krähe: Obacht! Punkt 15 im Kodex: Vertraue niemandem, der auf einer Bank sitzt und Zeitung liest.

Im Sand spielten zwei Kleinkinder mit Eimern und

Schaufeln. Die Mütter hockten daneben und quatschten. Ne, die waren bestimmt nicht vom Geheimdienst. Zwei Mädchen, etwas jünger als sie, schaukelten und machten dabei fleißig Selfies. Lucy hockte sich hinter einen Busch. Ein kleines Rotkehlchen saß genau auf dem Ast vor ihr und zwitscherte laut sein Lied. Am liebsten hätte Lucy ihren Finger ausgestreckt und es gestreichelt.

Der Opa auf der Bank hatte eine Zeitung aufgeschlagen, hinter der sein kleiner runder Kopf mit glatten grauen Haaren hervorlugte.

Lucy warf einen Blick auf die Uhr, es war jetzt zwei vor zwölf. Sie wartete. Auf der Wiese hinter dem Spielplatz spielten ein paar Jungen Ball, und mehrere ältere Mädchen und Jungs saßen auf Decken und lachten und hörten Musik. Klar, waren ja Ferien.

Eine Minute, zwei Minuten. Geheimdienst! Wenn der zwölf sagte, dann meinte der doch auch zwölf, oder? Nicht fünf nach zwölf. Der Opa schaute auch gerade auf seine Uhr. Dann ließ er seine Zeitung sinken und sah direkt in Lucys Richtung. Fast meinte Lucy, seinen Blick zu spüren. Sie konnte nicht mehr hocken und veränderte ihre Position ein wenig. Dabei trat sie auf einen trockenen Ast, der laut knackte. Aber der Opa sah nicht mehr zu ihr. Es war jetzt schon fünf nach. Sollte sie noch warten? Langsam stand sie auf und ging auf die Bank zu. Sie würde dort noch drei Minuten warten und dann fahren.

Der Opa war wieder in seine Zeitung vertieft. Er trug eine getönte Brille. Lucy setzte sich an den Rand der Bank. Ihr Blick fiel auf seine Füße. Coole Turnschuhe.

»Wenn wir zwölf sagen, meinen wir auch zwölf. Nicht fünf nach, junge Dame«, sagte plötzlich eine helle Stimme.

Lucy fuhr zusammen und schaute zu dem Opa. Der sah noch immer in seine Zeitung. Sie schaute sich nach hinten um. Dann stand sie auf.

»Sitzen bleiben«, sagte die Stimme. Sie kam von hinter der Zeitung. Lucy sank zurück auf die Bank.

»Einfach geradeaus schauen. Ich lese Zeitung und du spielst mit deiner Uhr. Dabei unterhalten wir uns ein wenig.«

Lucy konnte nicht anders, sie warf einen kurzen Blick zur Seite. Die helle Stimme kam von dem Opa? War der etwa … vom Geheimdienst?

»Sie sind vom Geheimdienst? Wusste gar nicht, dass die auch Rentner beschäftigen«, sagte sie und lächelte ihn an.

»Pst«, machte der Opa. »Tja. Erfahrene Leute werden immer gebraucht. Du bist noch grün hinter den Ohren, aber man hat mir gesagt, du wärst genau die Richtige für den Job. Blitzschnell und entschlossen. Aber davon werde ich mich erst mal selbst überzeugen.«

Lucy kramte in ihrer Tasche und steckte sich einen Kaugummi in den Mund. »Hallo? Sehe ich aus, als würde ich für den Geheimdienst arbeiten wollen?«, nuschelte sie dann. Darum ging es also, um einen Job! Lucy machte eine große Kaugummiblase.

»Du siehst genauso wenig danach aus wie ich. Das ist ja das Gute. Und du hättest auch was davon«, sagte der Alte ungerührt. »Denn wir sind überaus gut informiert, Longfinger. Auch über die Aktivitäten deiner Eltern. Und für die wäre es hilfreich, wenn wir unsere Informationen nicht an die Polizei geben würden …«

Verdammt! Sie wussten Bescheid! Wie sie vermutet hatte! »Was ist es für ein Job?«, murmelte Lucy. Punkt 9: *Ein Longfinger erpresst nicht und lässt sich nicht erpressen. Erpressen ist was für Feiglinge!* Und das hier war Erpressung! Sie sollte aufstehen und gehen.

»Wir brauchen einen Koffer zurück, der uns gestohlen wurde.«

»Was für einen Koffer?« Sie konnte sich ja mal anhören, worum es ging. Informationen waren immer gut.

»Forschungsergebnisse eines skrupellosen Wissenschaftlers.«

Lucy zog eine Augenbraue hoch und schnalzte mit der Zunge.

»Es gibt nur eine einzige Spur«, fuhr der Alte fort. »Ein Foto der Stiefel des Diebs.« Lucy nickte und machte noch eine Kaugummiblase.

»Und? Kommen wir ins Geschäft?«, fragte der Alte. Lucy ließ die Blase platzen. »Ich denk drüber nach«, antwortete sie. Der Alte raschelte mit der Zeitung. »Ich gehe davon aus, dass du uns helfen wirst. Schließlich willst du ja, dass wir deine Eltern in Ruhe lassen, oder? In der Zeitung liegen zwei Fotos. Eins von dem Koffer und eins von den Stiefeln. Vernichte sie sofort, wenn du sie gesehen hast.«

Er stand umständlich auf und stützte sich auf seinen Gehstock.

»He«, sagte Lucy. »Wie heißen Sie überhaupt?«

»Captain Fujii.« Er humpelte davon. Die Zeitung ließ er liegen. Lucy starrte ihm hinterher. Ein Opa mit Gehstock, kaum größer als sie, sollte beim Geheimdienst sein? Lucy kniff sich in den Arm. Au! Dieser Witz schien wahr zu sein.

Sie griff nach der Zeitung. Da waren die Fotos. Und ein Zettel.

Morgen 18 Uhr, Café im Pickford Park. Kennwort: Einhundert Sushistäbchenhalter, C. F.

Einhundert Sushistäbchenhalter? Sollte das ein Witz sein? Lucy warf einen Blick auf die Fotos. Sie verschluckte fast ihren Kaugummi. O nein! Ihr Vater hatte genau solche Stiefel! Schnell sah sie sich um, stopfte die Fotos in ihre Hosentasche und lief zu ihrem Rad. Konnten das die Stiefel ihres Vaters sein? Halbhoch, braunes Leder, grüner Rand, abgewetzte Stellen vorne. Aber es konnte auch ein Zufall sein. Andere Männer hatten bestimmt auch solche Stiefel.

»Erst mal locker bleiben, Lucy«, sagte sie laut. Kühlen Kopf bewahren. Das gleichmäßige Treten in die Pedale half ihr dabei. Eigentlich gab es nichts zu überlegen.

Sie würde nicht für den Geheimdienst arbeiten! Sie war eine Longfinger!

Wir sind überaus gut informiert über die Aktivitäten deiner Eltern. So ein Quatsch. Den Longfingers war niemals etwas nachzuweisen. Und das würde immer so bleiben.

Aber die Stiefel gingen ihr nicht aus dem Kopf. Hatte ihr Vater etwa dem Geheimdienst diesen Koffer geklaut? Nein, das konnte sie sich nicht vorstellen. Den Geheimdienst beklauen – das passte nicht zu den Longfingers! Ihre Familie nahm es von denen, die eh genug hatten. Und was sollten sie mit irgendwelchen Forschungsergebnissen?

Lucy merkte, wie sie auf ihrem Nachhauseweg sämtlichen Personen auf die Schuhe schaute.

Als sie zurück war, kramte sie die Seile aus dem Rucksack und legte sie auf den Küchentisch. Dann lief sie in ihr Zimmer zu den Mäusen und stopfte sie in die Taschen ihrer Lederjacke. Mit den Mäusen in der Jacke drückte Lucy im Wohnzimmer den Knopf für den Falltürmechanismus, der hinter einer Steckdose verborgen war. Sie beobachtete, wie das Klavier wegrollte und sich die Falltür hob. Wie immer kribbelte es dabei in ihrem Bauch.

Als sie die steile Treppe in das Dunkel hinabstieg, schnappte hinter ihr schon die Falltür zu. Hier unten war es so still wie in einem Grab und ziemlich feucht. Wenn sie daran dachte, was sich hier in früheren Zeiten alles abgespielt hatte! Wie ihr Uropa sich einmal eine Woche lang versteckt hatte, während vor der Villa Leute seines fiesesten Rivalen auf ihn warteten. Deshalb gab es auch ein großes Regal voller Konservendosen: Baked Beans, Ravioli, Eintöpfe, Kompott, Mais, Thunfisch und andere. Für alle Fälle.

Plopp plopp plopp – irgendwo tropfte Wasser. Lucy angelte nach den Mäusen in ihrer Tasche. »Autsch! Du spinnst wohl!«, rief sie empört. Al Capone hatte sie in den Finger gezwickt. Er knusperte gerade an irgendeinem Bröckchen herum und wollte in der Jackentasche bleiben. Lucy setzte ihn empört mit den anderen auf dem Boden ab, und sie flitzten los. Lucy schlenderte langsam hinterher, bis zu dem geheimen Durchgang in die Gangstertunnel. Was für Forschungsergebnisse waren in dem Koffer, dass der Geheimdienst eine Gaunerin beauftragte, ihn zurückzuklauen? Eins war klar: Der Geheimdienst wollte auf keinen Fall selbst in die Sache verwickelt werden. Vielleicht war der Auftrag so gefährlich, dass man lieber ein Gangstermädchen anwarb, als die Sache selbst zu erledigen. Feiglinge!

Blöd war nur, dass die einzige Spur ausgerechnet zu ihrem Vater führte …

Lucy ließ ihre Hände an der etwas feuchten Tunnelwand entlanggleiten. Und da wusste sie plötzlich, was sie zu tun hatte. Die Stiefel mussten weg! Ob sie den Auftrag annahm, konnte sie immer noch überlegen. Erst die Stiefel. Sie würde sie einfach verschwinden lassen.

Und am besten erledigte sie das sofort. *Verschiebe nicht auf morgen, was du heute kannst besorgen.* Punkt 19 im Kodex und außerdem ein allgemein bekanntes Sprichwort.

Sie pfiff leise und wartete kurz. Nacheinander kamen die Mäuse zurück. Gut gemacht, sie hatten schneller auf ihren Pfiff reagiert als beim letzten Mal. Lucy belohnte sie dafür schnell mit einem Keks, den sie zerkrümelte. Dann sammelte sie die Mäuse ein und schob sie zurück in ihre Jackentaschen. Sie waren ganz nass. Ein Beweis dafür, dass sie wieder im angrenzenden Tunnel gewesen waren, denn dort stand das Wasser teilweise knöchelhoch.

Lucy drückte den Knopf, der in einer Fuge verborgen war, und war schon oben, als die Falltür über ihrem Kopf wieder aufklappte. Sie brachte schnell die Mäuse in ihren Käfig und lief dann zum Schuhschrank im Flur. Den ersten Stiefel fand sie schnell, doch nach dem zweiten musste sie ganz schön tief wühlen. Endlich hatte sie ihn und kroch rückwärts aus dem Schrank. Was nun? Wegschmeißen? Sie stopfte beide Stiefel in eine Plastiktüte und schwang sich draußen auf ihr Rad. Ein paar Straßen weiter hielt sie vor einer Mülltonne. Sie hob den Deckel an, brachte es aber nicht übers Herz, die Tüte hineinzuwerfen. Ihr Vater liebte diese Stiefel! Seufzend schwang sie sich wieder aufs Rad. Sie würde die Stiefel einfach erst mal verstecken.

Zu Hause stopfte sie die Tüte hinter die doppelte

Rückwand ihres Kleiderschranks. So, Spur beseitigt. Auch wenn Lucy nicht glaubte, dass es ihr Vater gewesen war, so hatte er doch die gleichen Stiefel wie der Dieb des Koffers. Und keine Spur durfte zu ihrem Vater führen!

Jetzt musste sie überlegen, was sie diesem Fujii sagte. Vielleicht fiel ihr beim Sport die richtige Antwort ein.

Die Parkour-Halle stand offen. Der Trainer kam erst am Nachmittag, aber sie trainierte sowieso lieber alleine.

Verstohlen warf Lucy einen Blick auf die anderen Kinder und Jugendlichen, als sie ihre Sneaker gegen die Hallenschuhe tauschte. Ein Neuer war dabei. Die anderen kannten sich alle und alberten herum. So, denen würde sie jetzt mal zeigen, was Parkour hieß. Lucy lief zum Aufwärmen ein paar Runden durch die Halle, dabei nutzte sie schon ein paar Hindernisse, um leichte Sprünge zu machen und sich mehrmals abzurollen. Dann machte sie Saltos auf der Bodenmatte. Danach ging es richtig los. Lucy lief im Handstand die zweiundzwanzig Stufen auf die Arbeitsbühne hoch, die in der Halle hing. Sie wusste genau, dass den anderen dabei der Mund offen stand. Die Arbeitsbühne hing drei Meter über dem Boden. Von hier oben ging es auf direktem Wege abwärts, mit Kopf und Armen ausgestreckt voraus, wie beim Köpper ins Wasser. Nur dass es kein Wasser unten gab! Lucy flog frei durch die Luft, hörte mehrere Ohs und Ahs, krümmte sich in der Luft zusammen, machte sich rund wie ein Igel und rollte auf der Matte aus.

»Nicht nachmachen!«, sagte sie zu einem staunenden Jungen, als sie aufstand. Schließlich hatte sie selbst jahrelang dafür trainiert. Jeder Anfänger würde sich dabei lebensgefährlich verletzen. Jetzt der *Wallflip* an der rostigen Schrägwand. Lucy hatte gemerkt, dass die anderen längst aufgehört hatten zu trainieren, um ihr zuzusehen. Lucy nahm Anlauf, lief die Vertikale ein Stück hoch, stieß sich ab und schlug einen Rückwärtssalto. Sie landete sicher auf dem Boden, begleitet vom Raunen der anderen Kinder. Ein Junge hielt den Daumen hoch.

Nach ein paar weiteren Sprüngen hatte Lucy genug trainiert. Sie war nassgeschwitzt und hatte einen Riesenhunger. Mist, sie hatte ihre Wasserflasche zu Hause vergessen! Lucy wechselte schnell die Schuhe und flitzte aus der Halle, vorbei an einem Mädchen, das so aussah, als ob es Lucy etwas fragen wollte, sich aber nicht traute.

Als sie aufs Rad stieg, überlegte sie kurz, ob sie sich irgendwo was zu essen holen sollte. Vielleicht ein Stück Pizza? Oder einen Burger? Nein, sie konnte auch zu Hause essen. Ihre Mutter meckerte immer, wenn sie ihr Taschengeld für ungesundes Zeug ausgab.

Als Lucy den Hafen hinter sich gelassen hatte, fühlte sie sich plötzlich verfolgt. Mehrere Male sah sie sich um. Blöd, dass sie ihr Käppi nicht aufhatte. Sie fühlte sich besser, wenn sie es sich tief in die Stirn ziehen konnte. Lucy fuhr einen Umweg und bog blitzschnell in eine enge Gasse ab, um in der Sporttasche nach der Kappe zu suchen. Mensch, wo war die bloß? O nein! Sie war bei Toni! Sie hatte ihm das Käppi im Park gegeben, und er hatte es nicht zurückgegeben! Es war schon ziemlich ramponiert, aber sie hing sehr daran. Ihr Vater hatte es ihr auf einem ihrer seltenen gemeinsamen Ausflüge gekauft. Und es war ziemlich nützlich. Sie brauchte es sofort zurück!

KAPITEL 6

Überredet

»Ich brauch meine Kappe!«, sagte Lucy, als sie in die Eisdiele stürmte. Toni wischte gerade einen Tisch ab. Er sah sie erschrocken an. »O nein, die hab ich gestern Abend in den Altkleidercontainer geworfen, weil meine Mum gesagt hat, dass …«

»Du hast was?«, schrie Lucy.

»Kleiner Scherz«, sagte Toni lächelnd. Er knuffte sie in den Oberarm. Lucy schaute ihn böse an.

»Okay, war ein blöder Scherz. Ich wusste ja nicht, dass dir so viel an dem Käppi liegt. Weißt du, ich hab …«

Lucy streckte die Hand aus. »Die Kappe!«

»Klar, die Kappe. Hab ich oben. Kommst du mit?«

Lucy schüttelte den Kopf. »Ich warte.«

Aber Toni zog sie einfach mit sich. Lucy machte sich los. »Ich kann alleine laufen.« Sie folgte Toni um die Ecke des rosafarbenen Hauses. An der Seite gab es eine Außentreppe, die nach oben führte. Unter der Treppe stand Tonis weißes Lastenrad.

»Darf ich vorstellen? Meine Rondine«, sagte er stolz. »Rondine heißt auf Italienisch Schwalbe.«

Er nannte sein Rad *Rondine*? Lucy verdrehte die Augen. Das passte zu Toni Sonnenschein.

»Wir hatten schon das Vergnügen«, sagte sie.

»Echt?«, fragte Toni.

»Als du mir gefolgt bist, um mich *rein zufällig* im Park zu treffen«, erwiderte Lucy schnippisch. »Ich hab deine *Rondine* gesehen, du hattest sie *zufällig* in der Nähe unserer Villa geparkt, schon vergessen?«

»Oh … ja stimmt … dann kennst du sie also schon.«

Er trat auf die erste Stufe, drehte sich aber noch mal um. »Tut mir leid. Ich hätte nicht …«

»Schon gut«, sagte Lucy.

»Puh!«, machte Toni übertrieben erleichtert und stieg fröhlich weiter die Treppe hinauf. »Hier ist unsere Wohnung«, sagte er auf dem ersten Podest und stieg weiter hoch. »Und hier ist mein Reich. Ganz oben. Schau mal, man kann da zwischen den Häusern hindurch das Meer sehen.« Lucy sah nur ein winziges Stück Meeresblau, aber Toni schwärmte weiter: »Die Aussicht ist zwar nicht ganz so spektakulär wie von euch oben auf dem Hügel, aber dafür ist das Meer näher.« Er schnüffelte in die Luft. »Riechst du das? Die Luft schmeckt auch richtig salzig. Manchmal denke ich …«

»Holst du die Kappe raus?«, unterbrach Lucy ihn.

»Bitte sehr, die Dame!« Toni hielt die Tür auf und wollte Lucy vorgehen lassen. Aber Lucy schüttelte den Kopf. Sie ging niemals vor. *Ein Longfinger schaut lieber dreimal auf die Fersen eines Fremden als einmal auf sein Messer.* Punkt 17 im Kodex.

»Okay.« Toni nickte. Er zwinkerte ihr zu, was in diesem Fall wohl heißen sollte, dass er verstanden hatte. Dieses Zwinkern machte sie noch wahnsinnig!

Tonis Zimmer war ein einziges buntes Chaos, die Wände vollgepinnt mit Fotos und Postern. Auf dem Boden lagen viele bunte Teppiche und auf den Teppichen lagen Klamotten und auf den Klamotten lagen rosa und weiße Papierschnipsel, Stifte und eine Kinderschere. Das sah nach Tonis kleiner Schwester aus, Gina Plappermaul.

Toni schien das nicht zu stören. Er stapfte einfach drüber.

In einer Nische unter dem Dachfenster stand ein Schreibtisch, viel zu klein und zu voll, um daran zu arbeiten. Tja, Lucys Schreibtisch war aufgeräumt. Außer der Lieblingseissorte hatten sie wirklich nicht viel gemeinsam!

Über dem Bett hingen die meisten Fotos. Toni mit seinen Eltern, Toni mit der kleinen Gina, alle zusammen mit Rucksäcken und Wanderstiefeln, Toni in der Mitte, seine Schwester auf dem Arm. Toni mit seinem Vater in einem Boot beim Angeln und Toni mit zwei Mädchen in seinem Alter auf Rollschuhen. Toni, wie er Gina lachend in die Luft warf. Toni und Gina mit Rieseneisbechern. Dazwischen immer wieder das Meer und die Berge, die Berge und das Meer. Lucy kam es so vor, als hätte Toni sein ganzes glückliches Leben an die Wand gepinnt. Sie selbst hatte gar keine Fotos in ihrem Zimmer. Gauner ließen sich schließlich nicht gerne fotografieren. Lucy drehte sich zu Toni um. »Wo ist jetzt die Kappe? Und warum hast du sie mir eigentlich nicht sofort wiedergegeben?«

»Äh, wollte ich ja. Aber du hast mir die Tür vor der Nase zugehauen. Und am Telefon hast du einfach aufgelegt.«

»Hm«, sagte Lucy. Da hatte er wohl recht.

»Äh, warte … ich hab sie gleich«, sagte Toni und sah sich um. »Ich hatte sie gestern hier auf dem Bett.« Er wühlte zwischen den Kissen herum.

»Tada!« Toni zog die Kappe unter der verknäuelten Tagesdecke hervor. Lucy nahm sie ihm aus der Hand und stapfte zur Tür. Jetzt schnell nach Hause und was essen. Sie sprang die Treppenstufen runter.

»He, warte doch! Willst du einen Rekord im Treppenrennen aufstellen?«, rief Toni.

Lucy bog schon um die Hausecke.

»Ich dachte, wir essen noch ein Eis!«, rief Toni hinter ihr.

»Ne, hat lange genug gedauert«, antwortete Lucy und hob ihr Rad auf.

»Komm schon«, quengelte Toni, »ein Eis geht doch immer. Ein Ferientag ohne Eis ist ein verlorener Tag.«

»Ist das euer neuer Werbeslogan?« Lucy musste lachen. Ihr Magen knurrte seit dem Training wie ein hungriger Wolf. Sie ließ das Rad wieder fallen. Nahm sie halt ein Eis auf die Hand für den Rückweg mit.

»Weißt du was?« Toni strahlte und zeigte auf die leeren Tische. »Ist grad wenig los hier. Setz dich, ich lad dich ein.«

Lucy zögerte. Sie hatte schon genug Zeit vertrödelt.

Aber Toni schob Lucy einfach zu einem Tisch. »Warte, ich bin auch ganz schnell!«

Wenn sie nicht so einen Riesenhunger gehabt hätte … Seufzend rutschte Lucy auf einen Stuhl.

Toni beeilte sich wirklich. Gefühlte fünfzehn Sekunden später kam er auch schon angeflitzt und schob ihr einen mit Schirmchen und Melone verzierten Eisbecher hin. »Rekordzeit!« Er zwinkerte ihr zu.

»Du immer mit deinem Gezwinker!«, sagte Lucy.

»*Ich* bin halt freundlich«, sagte Toni und grinste. Lucy wollte gerade etwas erwidern, da kam Gina Plappermaul angehopst. Sie strahlte Lucy mit großen dunklen Augen an. »Bist du Tonis Freundin?«

»Nein!«, sagte Lucy.

»Ja!« sagte Toni.

Lucy schüttelte den Kopf. »Ich glaube nicht, dass …«

»Hast du meine Bastelschere gesehen?«, fragte die Kleine und zupfte an Tonis Arm.

»Hab ich.« Toni lachte. »Oben bei mir.«

»Juhu!«, jubelte seine Schwester und wirbelte los. Toni sah ihr lächelnd hinterher. Lucy verdrehte die Augen. Der vergötterte seine kleine Schwester ja.

»Schon jemanden zum Helfen gefunden?«, fragte sie und merkte selbst, dass sie schnippisch klang.

Toni schüttelte den Kopf. »Och, nö, wir haben noch gar nicht richtig gesucht. Aber weißt du, jetzt wollten wir …«

»Dachte, es war so eilig«, unterbrach ihn Lucy.

»Na ja, … ein bisschen eilig nur.« Seine Wangen röteten sich leicht.

»Aha«, sagte sie.

»Und?«, fragte Toni. »Was hast du so für die Ferien geplant?«

»Alles Mögliche«, sagte Lucy und beeilte sich mit dem Eis.

Toni musterte sie. »Gar nichts, stimmt's?«

»Wie bitte? Ich hab 'ne Menge zu tun!«

»Zu tun? Es sind Ferien! Da fährt man in den Urlaub oder unternimmt was mit Freunden. Wenn sie nicht grade im Urlaub sind.« Er zuckte mit den Schultern.

»Ich hab halt zu tun. Das macht auch Spaß.« Lucy legte geräuschvoll den Löffel auf den Tisch.

Toni zog die Augenbrauen hoch. »Du hast gar keine Freunde.«

»Klar hab ich welche.«

»Stimmt. Du hast mich! Siehst du, hab ich dir doch gesagt. Wenn man die gleiche Eissorte …« Lucy verdrehte die Augen. »Ich hab gar keine Zeit für Freunde. Und außerdem sagt unser Kodex …«

»*Kodex?* Ist das so ein uraltes Buch mit Regeln drin?« Tonis Augen leuchteten.

»Egal, vergiss es. Jedenfalls weiß ich genau, was ich in den Ferien machen werde. Viel Sport. Und der Geheimdienst will mich für einen gefährlichen Job haben.«

Tonis Strahlen erstarrte. »*Waaaas?* Der *Geheimdienst*? Der kommt doch nur ins Spiel, wenn es um hochgeheime Spionage geht oder Attentate verhindert werden sollen oder …«

»Pssst«, machte Lucy. Warum zum Teufel hatte sie ihm das jetzt gesagt? Es war, als ob dieser Toni immer ihre Zunge löste. Er hatte irgendwie was Vertrauenerweckendes an sich.

Toni rückte näher an sie heran. »*Du* sollst für den Geheimdienst arbeiten?«

»Warum nicht?« Lucy blitzte ihn an. »Ich soll für die was zurückklauen. Schließlich klaut niemand besser als ich, auch wenn du das nicht für möglich hältst.«

»Dir traue ich alles zu!« Toni sah Lucy bewundernd an. »Wow! Und da brauchen die dich, weil du so gut bist! Und? Machst du es? Klar machst du es!«

»Spinnst du? Ich arbeite doch nicht für den Geheimdienst! Wir sind Gauner, schon vergessen?«

Toni sah aus, als hätte Lucy gerade einen Millionengewinn abgelehnt.

»Ja, klar. Aber …«, er wurde wieder ganz eifrig, »das wäre doch eine Gelegenheit, für die *Guten* zu arbeiten.«

Lucy zog eine Grimasse. »Ich bin eine *Longfinger*! Unser Kodex sagt, dass ich nicht für die Polizei arbeiten darf. Meine Eltern würden mir lebenslangen Hausarrest geben, wenn sie das erfahren!«

Toni gab nicht auf. »Aber dem Geheimdienst *musst* du doch helfen! Mensch, die legen den schlimmsten Verbrechern das Handwerk!«

»Hallo? Wir sind auch Gangster! Keine schlimmen Verbrecher, aber …« Doch Tonis Satz sprang wie ein Pingpongball in ihrem Kopf hin und her. *Die legen den schlimmsten Verbrechern das Handwerk.*

Toni war nicht zu bremsen. »Deine Eltern sind vielleicht Gangster, okay. Und Erwachsene kann man nicht mehr ändern, das weiß ja jeder. Also meine Eltern …«

»Toni!«

»Schon gut, das ist ein anderes Thema. Aber du, du kannst doch einen anderen Weg einschlagen.«

Lucy stand auf. »Ich brauch keine Berufsberatung, danke.«

»Ach komm schon, Lucy!«, quengelte Toni weiter wie ein kleiner Junge, der Schokolade wollte. »Nimm den Auftrag an. Ich helf dir auch, ja?«

Lucy rollte mit den Augen, stand auf und lief zur Tür. Dabei stieß sie mit einer älteren Dame zusammen. Bevor die Frau sich beschweren konnte, bot Toni ihr seinen Arm an. Plappernd begleitete er die Dame zu einem freien Tisch. Die Dame lächelte.

Lucy schüttelte den Kopf, musste aber grinsen. Wie bitte sollte ihr dieser Typ bei einem Auftrag helfen? Mit pausenlosem Quasseln? *Bitte sehr, Captain Fujii, wir haben ihnen den Koffer zurückgequasselt.*

Toni rückte der Dame den Stuhl zurecht und drehte sich noch einmal zu Lucy um. Er zwinkerte ihr zu, schaute erschrocken, ohrfeigte sich selbst für das Zwinkern und formte mit dem Mund ein lautloses »Bitte«. Lucy schmunzelte, schüttelte aber den Kopf.

Doch halt! Tonis Satz, der wie ein Pingpongball in ihrem Kopf hin und her gesprungen war, hatte sie auf eine Idee gebracht. *Die legen den schlimmsten Verbrechern das Handwerk!* Das war es! Es gab einen wirklich guten Grund, dem Geheimdienst zu helfen. Die Guten schnappen die Bösen. Und wer war der Böseste? Vielleicht konnte sie dabei helfen, King Ratto für immer hinter Gitter zu bringen. Ja. Sie würde diesen blöden Koffer klauen, und dabei würde sie dafür sorgen, dass Ratto dem Geheimdienst in die Falle ging. Und wenn sie das auch noch vor Ablauf des Ultimatums schaffte …! Dann wäre alles paletti! Wie Punkt 18 im Kodex so schön sagte: *Entscheide schnell! Hast du dich entschieden, ist der Fisch schon halb geputzt!*

Lucys Laune stieg bis in den blauen Himmel. Sie hielt Toni den erhobenen Daumen hin und nickte. Toni zog überrascht die Augenbrauen hoch, strahlte dann und zeigte ihr auch den Daumen.

Drei Stunden später fuhr Lucy zum Café im Park und hielt Ausschau nach Fujii. Es war zwei Minuten vor sechs. Sie ging einmal quer durchs Café bis auf die Terrasse und musterte die Leute. Fujii war nicht da. Aber auf dem Zettel hatte ja auch *im* Café gestanden. Und er verwendete mit Sicherheit präzise Ausdrücke.

Drinnen gab es nur noch drei freie Tische. Lucy mochte das Café mit den alten unterschiedlichen Stühlen und den runden Holztischen. Sie setzte sich an einen kleinen Tisch, auf dem eine Vase mit duftenden blauen Blumen stand, und sah sich unauffällig um. Fujii war nicht da. Die Bedienung kam zu ihr, eine kleine Frau mit Schürze und breitem Haarband. Lucy schlug die Karte auf. Sollte sie jetzt was bestellen oder nicht?

»Ähm, eigentlich … ja, ich glaube, ich warte noch.« Sie schaute zu der Frau hoch. Sie … war Fujii! Er trug seine Brille nicht und hatte rot geschminkte Lippen.

»Was darf ich denn bringen, junge Dame?«, fragte er mit seiner hellen Stimme. Da übernahm der hier so einfach einen Job! Aber klar, Geheimdienst – da war alles möglich! Einen Agenten als Bedienung einzuschleusen war für die bestimmt nur eine Kleinigkeit.

Lucy sagte: »Eine heiße Schokolade, bitte.«

Fujii lächelte freundlich. Er beugte sich etwas vor und flüsterte: »Immer erst das Kennwort, klar?«

Lucy stutzte kurz. Dann knurrte sie: »Einhundert Sushistäbchenhalter.«

»Prima.« Fujii nickte. »Mit Sahne? Ihre Antwort ist *Ja*, oder?«

Es war klar, dass er nicht von der Sahne sprach. Lucy nickte langsam und lächelte dazu. »Ja. Gerne mit Sahne.« Sie spielte mit.

Fujii lächelte. »Sehr gut. Einen Moment bitte.«

Lucy sah ihm hinterher. Er machte seine Sache wirklich gut. Als Fujii die heiße Schokolade brachte, lächelte er wieder freundlich. Aber sein Tonfall war ernst. Er beugte sich ein Stück zu Lucy runter. »Jetzt hör mir gut zu, Longfinger. Die Sache mit dem Koffer ist extrem wichtig und das Letzte, was ich vor meiner Pensionierung mache. Also nicht vermasseln, bitte!«

Au Backe, dachte Lucy.

Fujii richtete sich wieder auf und schob Lucy einen kleinen Teller mit der Rechnung hin. »Wünsche noch einen schönen Tag, junge Dame.« Dann ging er.

Lucy nahm die Rechnung. Unter 3 Dollar 20 stand:

Treffen täglich 18 Uhr, Ort per SMS, Kennwort wechselt. C.F.

Lucy lehnte sich zurück. Puh. Jetzt war es besiegelt, sie arbeitete für den Geheimdienst. Sie trank ihre heiße Schokolade, die gar nicht heiß war. Zum Glück. Warum hatte sie eigentlich keinen Eiskakao bestellt? Sie zählte das Geld ab und legte es auf den Teller.

Lucy verließ das Café durch den Eingang vorne und schaute kurz nach rechts und links. Nur ein Mann mit einem Hund und zwei jüngere Mädchen waren zu sehen. Grinsend zog sie das Handy aus ihrer Hosentasche, das sie Fujii abgenommen hatte. Gesichert, war klar. Lucy zog die Entsperrungskarte aus der Jackentasche, die sie erst vor zwei Wochen von ihrem Vater bekommen hatte. Sie gehörte zu ihren Hilfsmitteln wie der Dietrich oder der kleine Draht oder der Überwachungskamera-Umlenkspiegel. Lucy zog die Karte einmal über Fujiis Handy, und schwups – es ging an. Lucy rief das Bewegungsprofil des alten Agenten auf. Wohin ging er immer wieder? Aha, eine Adresse war auffällig. 56, West Union Street. Lucy spürte ein aufgeregtes Kribbeln im Bauch. Irgendwie war es ein gutes Gefühl, dass sie diesen Auftrag erledigen würde. Wenn sie sich anstrengte, konnte sie dem Ultimatum entkommen!

Lucy erschrak, als plötzlich Fujii vor ihr stand. Er war aus dem Nichts aufgetaucht und streckte seine Hand aus. »Mein Handy, Longfinger.«

Lucy reichte es ihm. »Ähm. Ein Versehen.«

Fujii knurrte: »Wie gesagt. Nicht vermasseln, Longfinger.«

»Ich heiße Lucy!«, rief Lucy ihm hinterher.

Wenig später stand sie vor einem großen Haus in der City. Sie wollte die auffällige Adresse überprüfen. *Kenne deinen Feind besser, als er dich kennt.* Punkt 16 im Kodex.

War Fujii ihr Feind? Na ja, Freunde würden sie bestimmt nicht werden.

56, West Union Street war ein Mehrfamilienhaus, fünf

Stockwerke hoch. Abgesehen von den Hochhäusern im Lake District, gehörte es sicher zu den höchsten Häusern in der Stadt. Vor den Fenstern hingen kleine Blumenkästen.

Wohnte Fujii hier? Oder war dieses stinknormale Haus etwa die Zentrale des Geheimdienstes in Mable Beach?

Lucy schob ihr Rad um die nächste Straßenecke. Falls Fujii rauskam. Oder reinging. Er war schließlich ein erfahrener Agent und wusste mit Sicherheit längst, was für ein Fahrrad sie fuhr, wo sie wohnte und dass sie einen Hund und Mäuse hatte. Und wahrscheinlich auch, dass sie Parkour machte, wie gut sie in der Schule war, was sie am liebsten aß, wann sie zur Toilette ging, wie groß und schwer sie war, ob sie Allergien hatte und was sie in ihren Jackentaschen aufbewahrte.

Sie schlich zurück zum Eingang. Das Schloss war durch eine elektronische Schließanlage für Chipkarten ersetzt. Ungewöhnlich für ein einfaches Mehrfamilienhaus! Rechts und links Klingeln, alles unterschiedliche Namen. Dreizehn? Hm, eine ungerade Zahl? Und so viele Familien sollten hier wohnen? Lucy trat einen Schritt zurück und schaute an der Fassade hoch. Rechts und links Wohnungen, fünf Etagen. Machten zehn, beim ausgebauten Dachgeschoss zwölf. Aber nicht dreizehn. Die Namen der Klingelschilder sagten ihr nichts. Ganz oben wohnte eine Familie Smith, darunter die Edisons, dann Carter, Ryan, Edwards,

Thompson. Normale, häufig vorkommende Familiennamen. So stinknormal, dass es doch schon auffällig war. Moment! Das war doch kein Zufall! Lucy suchte den nächsten Namen. Der müsste mit S anfangen, wenn sie sich nicht täuschte. Stone! Und weiter mit E, Edwards. Dann Rodriguez, Violet, Irvine, Coleman und Eliot. Kein Zufall! Die Anfangsbuchstaben der Namen ergaben hintereinander: SECRET SERVICE. Bingo! Also doch, der Geheimdienst in Mable Beach! Da musste es ja einen Witzbold unter den Agenten geben, der sich das ausgedacht hatte.

Lucy versuchte, durch die Haustür zu spähen, die in der Mitte einen Einsatz aus opakem Glas hatte. Ups! Ein dunkler Schatten bewegte sich dahinter. Mist, da kam jemand!

Blitzschnell hockte Lucy sich hin und nestelte an ihren Schnürsenkeln herum. Der Mann, der aus dem Haus trat, ging dicht an ihr vorbei. Er hatte ein Handy am Ohr und sprach leise hinein. Lucy sprintete los. Mit einem Riesensatz (da war es mal wieder gut, dass sie Parkour machte!) erwischte sie im letzten Moment die Haustür, bevor sie zufiel. Schnell huschte sie ins Treppenhaus. Hier war es angenehm kühl. Die Briefkästen waren innen an der Wand. Lucy holte blitzschnell den kleinen Draht aus ihrer Brusttasche und hatte – schwups – die Post der Familie Stone in der Hand. Vorsicht öffnete sie einen der Briefe an Mr. Daniel Stone und zog das Schreiben heraus. Auf der Seite stand nichts außer einem langen Zahlencode. Bei dem nächsten Brief war es ähnlich. Nur lauter komische Zahlen. Geheimdienstpost!

Weiter oben öffnete sich eine Tür. Schnell huschte Lucy aus dem Haus und sprintete zu ihrem Rad. Es passte alles zusammen. 56, West Union Street war tatsächlich die Zentrale des Geheimdienstes von Mable Beach!

Kapitel 7

Es geht los!

»Geraldine!«, rief ihr Vater schon zum dritten Mal an diesem Morgen. Lucy saß in ihrem Zimmer auf dem Boden und ließ die Mäuse an sich herumklettern. Sie konnte sich denken, warum ihr Vater rief. Er suchte seine Stiefel. Lucy zwang sich, sitzen zu bleiben. So leid ihr Vater Lucy auch gerade tat, er durfte die Stiefel nicht tragen. Heute war der erste Tag des Gangstertreffens. Sie hatten alle zusammen gefrühstückt, aber Lucy hatte es vor lauter Nervosität gar nicht richtig genießen können. Es waren nur noch sechs Knäckebrote in der Dose gewesen. Nur noch sechs Tage! Aber jetzt hatte sie ja zumindest einen Plan: King Ratto vom Geheimdienst erwischen lassen und so dem Ultimatum entkommen. Irgendeinen Hinweis auf dem Treffen finden, den sie Fujii weitergeben könnte. Dummerweise waren sechs Tage für diesen Plan ziemlich knapp. Aber sie musste es versuchen! Gleich würde sie King Ratto zum ersten Mal in echt sehen. Er wollte diesmal persönlich auf dem Treffen sein, um *seinen Forderungen Nachdruck zu verleihen*, wie ihr Vater gesagt hatte. Was das wohl hieß? Lucy stellte sich vor, wie Ratto jemandem die Zunge abschneiden ließ, um allen zu zeigen, was passierte, wenn sie nicht für ihn arbeiteten.

Wenn sie doch einfach hier auf dem Boden sitzen bleiben könnte … Aber sie mussten gleich los.

»Wie kann man denn seine Stiefel verlegen!«, schimpfte ihre Mutter.

»Vorgestern hatte ich sie noch«, stöhnte ihr Vater. »Bestimmt hat der Hund sie verschleppt!«

»So etwas macht Cash nicht, das weißt du genau. Lass mich mal. Du konntest noch nie gut suchen.«

Poltern. Ihre Mutter warf bestimmt sämtliche Schuhe aus dem Schrank. Lucy konnte sich gut vorstellen, wie sie hineingekrabbelt war.

Sie schnappte sich ihre Lederjacke vom Bett und flitzte runter. Der Flur lag voller Schuhe. Ihr Vater sah in dem Seidenhemd mit dem spitzen Kragen so altertümlich aus wie Großvater Luis persönlich.

»Was sucht ihr?«, fragte sie mit schlechtem Gewissen. *Ein Longfinger muss lügen, dass sich die Balken biegen. Nur nicht innerhalb der Familie!* Immer schoss ihr in solchen Situationen der Kodex in den Kopf. Konnte ihr blödes Gehirn nicht mal Pause machen?

Ihre Mutter krabbelte rückwärts aus dem Schrank. »Dein Vater hat seine Stiefel verlegt.«

»Ich habe sie nicht *verlegt*, wie oft soll ich das noch sagen!«

»Zieh doch andere Schuhe an«, schlug Lucy schnell vor. O nein, *Schuhe*, ein Stichwort.

»Obacht!«, kam es prompt aus der Küche. Die Krähe kam Lucy heute lauter vor als sonst. »Ein Longfinger schiebt seine Taten nicht einem anderen Longfinger in die Schuhe. Punkt 25 im Kodex.«

Super. Jetzt mischte die auch noch mit!

»Wir müssen los. Es ist gleich halb neun«, drängelte Lucy.

»Herrje«, schimpfte ihre Mutter, »ich bin noch gar nicht fertig.« Sie blitzte Lucys Vater an.

Oje, die Nerven lagen blank. Lucys Mutter kippte den Inhalt ihrer Tasche auf den Boden. Taschentücher, mehrere Scheckkarten, drei Pässe, Handschellen, Lippenstifte und ein kleiner Schminkspiegel kullerten durch den Flur.

»Victor! Hast du meinen Pass rausgenommen? Den *echten* meine ich.« Sie krabbelte auf allen vieren auf dem Boden herum und sammelte hektisch alles wieder ein.

»Was soll ich mit deinem Pass?«, brummte ihr Vater.

O Mann! Ihre Eltern waren manchmal wirklich chaotisch. Irgendwann würde ihnen das mal zum Verhängnis werden.

Ihr Vater stand noch immer vor dem Schuhschrank. »Ich kann keine anderen anziehen«, knurrte er. »Ich geh nur mit meinen Stiefeln.«

Er verschränkte die Arme vor der Brust wie ein kleines Kind. Lucy kramte in dem Schuhhaufen und zog zwei gleiche Schuhe heraus. Schwarze, spitz zugeschnittene Lackschuhe.

»Hier, die perfekten Schuhe für heute. Die sind viel eleganter, die passen auch besser zu dem Anzug und dem schicken Hemd!«

»Nein«, nörgelte ihr Vater. »Ich bin immer mit den Stiefeln gegangen. Zu jedem Treffen. Ohne Stiefel bin ich nicht Victor Longfinger.«

Lucy griff nach ihrer Lederjacke. Ohne die Jacke konnte sie auch nicht gehen.

»Victor, reiß dich zusammen«, mahnte ihre Mutter. Ihr Vater brummte etwas Unverständliches und trat endlich in die Lackschuhe.

»Sehr schick«, kommentierte ihre Mutter und tätschelte seinen Arm. Das letzte Wort hatte immer sie.

»Abfahrt«, sagte Lucy. Sie schob ihre Eltern aus der Haustür. Puh, das fing ja gut an. Ihre Mutter seufzte: »Ich freu mich schon auf den letzten Tag.«

»Warum?«, knurrte ihr Vater. Er war immer noch sauer.

»Weil er der letzte ist.« Lucys Mutter grinste etwas schief. »Na, und wegen des Goldbarrens natürlich! Den wird Lucy für uns holen, das ist so sicher wie das Amen in der Kirche.« Ihr Vater nickte nur.

Lucy sprang nervös auf die Rückbank. Wie gerne wäre sie jetzt zu Hause geblieben!

Wie immer fuhren sie ein festgeschnalltes Klavier spazieren. Ihr Alibi. Ihre Mutter saß am Steuer des blauen *Piano Service & Transport*-Lieferwagens. Viel zu schnell raste sie die Pickford Street hinunter.

Plötzlich dachte Lucy an Fujii. Was, wenn er sie beschattete? Er durfte auf keinen Fall von dem Gangstertreffen erfahren! Aber eigentlich gab es für ihn keinen Grund, sie zu verfolgen. Überprüft hatte er sie bestimmt längst, *bevor* er ihr den Auftrag gegeben hatte. Trotzdem rutschte Lucy unruhig auf ihrem Sitz hin und her und schaute sich immer wieder nach einem Fahrzeug hinter ihrem um.

Sie fuhren an der Eisdiele *Morelli* vorbei. Lucy duckte sich. Nicht dass Toni sie sah und wie wild winkte! Ihre Mutter bog mit quietschenden Reifen nach links auf die Haven Avenue ab, die zum alten Hafen führte. Sie mussten zum *Red Edge*, einem stillgelegten Freizeitpark. Dort würde das Gangstertreffen diesmal stattfinden.

Jetzt sind alle unterwegs, dachte Lucy und wischte sich die feuchten Hände an der Hose ab. Letztes Mal waren über hundert Familien auf dem Gangstertreffen gewesen. Lucy kannte nur eine Handvoll. Die Longfingers waren eher Einzelgänger. Kinder waren bestimmt wieder nicht viele dabei. Lucy seufzte. Was würde sie darum geben, jetzt nicht mitzumüssen! Sie dachte kurz darüber nach, einen Schwindelanfall vorzutäuschen oder Magenprobleme. Aber erstens würden ihre Eltern sie sofort durchschauen, und zweitens wäre das wieder eine Lüge mehr auf ihrem Konto.

Wie King Ratto wohl zum Treffen kam? In einer schwarzen Limousine mit einem Fahrer vermutlich. Bestimmt nicht in einem Lieferwagen oder zu Fuß durch die Tunnel. Lucy knetete die Einladung zwischen Daumen und Zeigefinger. *Das 56. Große Kalifornische Treffen* stand darauf. Sie hatte sie schon dreimal gelesen. Es standen ein paar wichtige Infos über die Fluchtwege drin.

Der Freizeitpark war einmal *die* Freizeitattraktion in Mable Beach gewesen. Doch seit seiner Schließung vor fast zwanzig Jahren rostete er vor sich hin. Efeu rankte die Achterbahn entlang. Lucy ging manchmal heimlich hin, an der alten Wildwasserbahn und dem Kettenkarussell konnte sie super Sprünge trainieren.

Das Gelände war mit hohen Stacheldrahtzäunen abgesperrt, an denen in regelmäßigen Abständen Schilder hingen: *Betreten verboten* und *Achtung! Lebensgefahr!* Aber es gab eine Stelle, durch die sie sich durchquetschen konnte.

»Wir fahren nicht rein«, sagte ihre Mutter bestimmt und parkte den Transporter vor einer Glaswerkstatt. Sie zog den Zündschlüssel ab und seufzte. »So, da wären wir. Alle aussteigen.«

Ihr Vater öffnete die Beifahrertür. »Dann mal los. Habt ihr eure Messer dabei?«

Lucy und ihre Mutter nickten.

An einer abgelegenen Stelle hing ein Zettel am Stacheldrahtzaun: *Hund entlaufen.* Dort bogen sie den präparierten Zaun auseinander und schlüpften in den Park.

»Mist, Brombeeren«, fluchte ihre Mutter, als sie ü die verrosteten Gleise der alten Achterbahn stie »Jetzt hab ich eine Laufmasche in der Strumpfhose

Sie kamen an dem riesigen Tyrannosaurus Rex bei, der mit abgebrochenen Vorderbeinen auf Boden lag. Jemand hatte mit roter Farbe *Help* d gesprüht. Das Riesenrad, das dem Park seinen N gab, wirkte aus der Nähe noch trostloser als von tem. Es stand schief, und die verblassten roten Go hingen traurig herab. Sie kamen an die graubrau lisse der Geisterbahn. Zwischen zwei Türmen a Ecken erstreckte sich ein Balkon, auf dem gru Gestalten hingen und ihre Arme nach den Besu ausstreckten. Da war der Eingang. Lucys Knie w weich. Drei Männer in schwarzen Anzügen, die zeitig mit ihnen eintrafen, starrten Lucys Vater cys Herz rutschte noch ein wenig tiefer. Ihr Vate ihre Hand. »Nicht viel reden. Nicht alleine rau Verstanden?«

Lucy nickte. Sie hätte sich sowieso am liebs sichtbar gemacht.

In der Geisterbahn blieben sie kurz stehe ihre Augen sich an die Dunkelheit gewöhnten.

»Nach rechts, stand in der Einladung«, flüste

Der Tunnel war schwach beleuchtet. Sie fol alten Schienen der Geisterbahn, vorbei an nenweben behangenen Hexen und blutrünsti piren. Es ging leicht abwärts.

müsste die Tür kommen«, sagte Lucy. Und rkannten sie in einer Kurve eine Tür in der en Wand. Sie stiegen eine Treppe hinab, immer ter die Geisterbahn. Am Ende standen sie in Maschinenraum, in dem sich ein riesiger alter fand. An den Wänden verliefen dicke Rohre. Gangster standen in Grüppchen zusammen hielten sich. Sie verstummten, als Lucy und n näher kamen und musterten sie misstrau- dem Kessel hatte eine Catering-Firma einen sch mit Tellern, Tassen und Besteck auf- ei Kellner werkelten herum. Es gab mehrere T denen eine große offen stand. Lucy konnte in al sehen, der voller Gangsterfamilien war. Ih s mulmig im Bauch, als ihre Eltern darauf zu . Lucy atmete tief durch, bevor sie ihnen in enartigen Raum folgte. Wie gerne wäre sie jet gewesen wie Al Capone!

I var es dämmrig und kühl. Lucy fröstelte un Reißverschluss ihrer Lederjacke ganz zu. Ihr uerte die letzte Reihe an, dabei nickte er eini en zu. Nur ein alter Gangsteropa nickte zur s Mutter redete leise mit einer alten Dan eißen, kunstvoll aufgetürmten Haaren, aus ndtasche der Griff eines großen Messers ragt

Al fingers saßen, kamen weitere Gangster- fami Saal. Manche sahen ganz schön fies aus.

Denen wollte sie nicht alleine in den Tunneln begegnen. »Kommen die Longheris diesmal nicht?«, fragte Lucy.

Ihre Mutter schüttelte den Kopf. »Nein, die sind seit Anfang des Jahres im Ruhestand.«

»Ganz schön früh, oder?« Lucy zog die Augenbrauen hoch. »Die Oma, mit der du eben geredet hast, war doch viel älter!«

Ihre Mutter zuckte mit den Schultern. »Jolanda? Die hört erst auf zu gaunern, wenn sie tot umfällt. Die Longheris hatten aber wohl einfach genug. Schade, ich fand sie immer sehr nett.«

Lucy nickte. Sie fand die Longheris auch nett. Ihr Spezialgebiet war der Schmuckdiebstahl gewesen. Vor zwei Jahren hatte Lucy ihnen mal eine Tasche mit Beute aus einem engen Schacht geholt. Dafür hatte sie eigentlich noch was gut bei ihnen!

Lucy sah sich um. Wie viele Familien hier wohl Platz hatten? Es waren acht lange Tischreihen aufgebaut. Vorne gab es einen Tisch extra, bestimmt für den Boss und seine Leute. Also … zweihundert Gangster waren es bestimmt. Lucy zählte die Kinder. Achtzehn. Ein paar kannte sie von den letzten Treffen.

Zwei Männer, die Lucy irgendwie bekannt vorkamen, setzten sich gerade in eine der vorderen Reihen. Sie zuckte zusammen. Waren das nicht … Scirpone und Froschauge? Sie schaute schnell weg. Ihr Herz raste wie wild. Sie hatte nicht daran gedacht, dass diese beiden

Fieslinge auch hier sein würden. Denen musste sie unbedingt aus dem Weg gehen!

Ihre Mutter flüsterte: »Sag mal, arbeiten jetzt eigentlich schon alle Familien aus Mable Beach für Ratto?«

Lucys Vater nickte. »Ja, alle hier aus der Stadt, soweit ich weiß. Aber sicher noch nicht alle in ganz Kalifornien.«

Die Saaltür wurde von außen geschlossen. Jemand schrie »Klappe halten jetzt!« Ein kleiner Mann mit einem großen mexikanischen Sombrero trat nach vorne an den einzelnen Tisch.

»Hey«, rief er etwas schrill durch den Raum.

Mit einem lautstarken »Hey« zogen alle Gangster ihr Messer.

»Bro!« Alle stachen das Messer vor sich in den Tisch. Auch Lucy. Das war der Auftakt des Großen Kalifornischen Treffens seit dem ersten Treffen vor sechsundfünfzig Jahren. Und deshalb hatten auch die Longfingers ausnahmsweise ein Messer dabei. Das gemeinsame Rufen und Messerstechen war für Lucy immer wieder etwas Besonderes. In diesem Moment vergaß sie das Ultimatum und fühlte sich, als gehörten sie alle zusammen.

Plötzlich wurde es stockdunkel. Lucy hielt die Luft an. Die Leute bewegten sich auf ihren Stühlen und redeten leise. Ob jemand von dem Ultimatum wusste? Bestimmt nicht. Dann waren Schritte zu hören …

KAPITEL 8

Gangster unter sich

Pling. Grelles Scheinwerferlicht leuchtete plötzlich auf einen langen kahlen Kopf. Er warf einen ovalen Schatten an die dahinterliegende Wand. Lucy starrte Rattos bewegungsloses Gesicht an. Die tätowierte Linie, sein Markenzeichen, teilte sein Gesicht in zwei Hälften. Das war er also, der fieseste aller Gangsterbosse. Der selbsternannte King. Seine kalten Augen starrten in den Raum. Sein Mund bewegte sich kaum, als er sprach.

Wie eine Puppe, dachte Lucy und fröstelte.

»Herzlich willkommen auf dem 56. Großen Kalifornischen Treffen.«

Seine Stimme klang gefährlich leise. Auch das letzte Gemurmel im Saal verstummte.

Ein weiterer Scheinwerfer flammte auf. Unter dem Kopf erschien ein Oberkörper in einem glänzenden lilafarbenen Jackett. Die rechte Körperhälfte lehnte an der Stuhllehne, während die linke aufrecht saß. Der Oberkörper sah merkwürdig schief aus. Zusammen mit der Linie, die durch das Gesicht ging, wirkte es so, als bestünde Ratto aus zwei unterschiedlichen Hälften.

»Liebe Familie.« *Familie* klang wie eine Drohung. Lucy zog den Kopf ein. Ratto hob den linken Arm zum Gruß. Seine Hand war kalkweiß, und am Ringfinger prangte ein dicker Siegelring. Darin war die Asche seines Bruders? Lucy bekam Gänsehaut. Sie konnte sich nicht vorstellen, die Asche eines Toten bei sich zu tragen! Rattos langer Kopf bewegte sich langsam. Der kalte Blick wanderte von Tischreihe zu Tischreihe.

Nicht zu uns! Lucy rutschte tiefer in ihren Stuhl.

»Stellt euch vor, wir sind eine Büffelherde.« Jemand lachte auf.

Wie mutig, dachte Lucy.

»Wir laufen alle in dieselbe Richtung.« Rattos Hand mit dem Siegelring zeigte nach rechts. »Da ist es nicht gut, wenn ein Büffel in die falsche Richtung läuft.«

Vereinzeltes Murmeln im Raum. Die Stimme wurde plötzlich so laut, dass Lucy zusammenzuckte. »Das ist nicht gut!« Die Hand mit dem dicken Ring fuchtelte in der Luft herum. »Nicht gut für den Büffel und nicht gut für die Herde.«

Lucy zog die Beine auf den Stuhl und schlang die Arme um die Knie. Ihr war schrecklich kalt.

Der Boss lehnte sich in Zeitlupe zurück. Er sprach jetzt wieder mit monotoner, heiserer Stimme. »Die Herde sollte zusammen laufen. Zusammen macht sie alles platt.«

Ratto hob den rechten Arm und machte ein Zeichen. *Pling.* Die Deckenbeleuchtung ging an. Nun war es taghell im Raum. Ratto war nicht mehr die groteske Puppengestalt. Er war wirklich da. Es gab kein Entkommen. Auch wenn der Boss Lucy nicht direkt ansah, spürte sie es so deutlich, als drücke er ihr eigenhändig den Hals zu: *Sie* war der Büffel, der nicht mit der Herde rannte!

Der Mann neben Ratto stand auf und nahm den Sombrero ab. Um die Hüfte trug er ein Lasso.

»Mein Name ist Torres«, sagte er mit seiner seltsam hohen Stimme. »Für manche bin ich auch die Mexikanerin oder Doña María, die Lasso-Lady.«

Ach so, das war eine Frau! Die sah aber ganz schön männlich aus. Und ziemlich kräftig.

»Wie dem auch sei, ein paar wichtige Informationen zuerst. Der schnellste Fluchtweg in die Tunnel ist dort«, Torres zeigte auf die Tür hinter King Rattos Platz, »und der nächste neben den Toiletten vor dem Saal im Maschinenraum. In den Heften auf den Tischen steht das Programm der nächsten Tage. Höhepunkt der Veranstaltung: die morgige Präsentation über den Zusammenschluss der Familien in L.A. von Joe Ratto persönlich. Weitere Höhepunkte: die Gangsterspiele in der Geisterbahn für unseren Nachwuchs. Nicht dass die lieben Kleinen noch auf anständige Gedanken kommen!« Sie lachte donnernd. »Und am letzten Tag, wie immer, der Tricky-Hands-Wettkampf, wo wieder einmal ein riesiger Goldbarren als Gewinn winkt. Ich darf noch mal daran erinnern, wer der Sponsor ist des diesjährigen Treffens, wie auch der letzten zehn Jahre: unser Familienoberhaupt Joseph Ratto.«

Alle applaudierten lautstark. Nur Lucy saß da wie erstarrt und vergaß zu klatschen. Vielleicht war Ratto eine Nummer zu groß für sie. Vielleicht sollte sie einfach tun, was er verlangte. Hauptsache, er ließ ihre Eltern in Ruhe!

»Tagesablauf heute: Wir starten mit zwei Vorträgen. Joey The Knife wird uns vorführen, wie man Mahagoni-Dreifachtüren der Baureihe 76 bis 79, die immer noch als unzerstörbar gelten, mit einem Zehn-Cent-Stück knackt. Danach zeigt uns Bill Billerbang die richtige Schweißtechnik für fünffach gestärkte Tresortüren. Das ist eine Wiederholung vom letzten Jahr, weil es anscheinend immer noch nicht alle kapiert haben. Es gab ärgerliche Zwischenfälle wie verbrannte Geldscheine, versengte Finger und dergleichen.« Torres sah eine Familie in der zweiten Reihe eindringlich an. »Gut. Nach diesen beiden Vorträgen erwartet uns ein vegetarisches Mittagessen.«

Lucys Vater verzog das Gesicht.

»Wir haben einen neuen Gong, der den Pausenanfang und das Ende ankündigt.« Die Mexikanerin hob einen Schlegel und betätigte eine große kupferfarbene Klangschale, die vor ihr auf dem Tisch stand. Ein wohltönendes *Goiiiiing* erklang. Die ältere Dame mit dem weißen Haarturm, Jolanda, rümpfte die Nase: »Ein Gong, wie geschmacklos. Ich hätte einen Pistolenschuss bevorzugt.«

Torres rückte ihren Sombrero zurecht. »Nach dem Mittagessen findet in diesem Raum der Töpferkurs *Feile, Zange & Co* statt. Nebenan gibt es den allseits erwarteten Drohnenkurs zum Ausspionieren großer Anwesen mittels neuartiger Dreikopfgelenk-Drohnen.« Torres hob warnend den Zeigefinger. »So ein Zwischenfall wie vor drei Monaten, als die Drohne von Jimmy Babione im Schlafzimmer von Lady Thimblethorn gelandet ist und sie durchs Zimmer gejagt hat, darf sich nicht wiederholen! Also empfehle ich jedem, der auch nur einen Gedanken an eine dieser neuen Drohnen verschwendet, dringend diesen Kurs.« Sie rückte ihren großen Hut zurecht. »Danach endet der erste Tag unseres Familientreffens. Das wird gegen siebzehn Uhr sein. Und nun lasst uns beginnen.«

»Jetzt nennen sie es schon Familientreffen«, flüsterte Lucys Vater und rümpfte die Nase. »Familie! Nicht mit uns!«

Die Mexikanerin machte ein Zeichen, und ein Mann in Karohemd, Jeans und Cowboystiefeln betrat das Podest.

»Tag, die Herrschaften«, dröhnte er und stiefelte zum Beamer. Auf der Wand verschwand *Das 56. Große Kalifornische Treffen* und ein Bild einer dicken Tür erschien stattdessen.

»Was hier ganz harmlos aussieht, ist in Wirklichkeit ein Bollwerk, zu vergleichen mit einer Bunkertür.« Er zog ein großes Messer mit schräger Klinge heraus und benutzte es als Zeigestock. »Denn im Innern dieser Tür befindet sich ein Kern aus Stahl, der …«

Jetzt wusste Lucy, warum er Joey The Knife hieß. Aber was er erzählte, interessierte sie nicht. Sie konzentrierte sich lieber darauf, das Gemurmel ihrer Tischnachbarn zu belauschen. Zum Glück hatte sich auch King Ratto leicht gedreht, um die Präsentation zu verfolgen. So konnte Lucy sich unauffällig umsehen. War derjenige, der den Koffer gestohlen hatte, heute hier? Und trug er die Stiefel?

Lucy rutschte mit ihrem Stuhl weit nach hinten, um unter den Tisch zu schauen. Aber die weißen Tischtücher hingen so weit runter, dass Lucy keine Schuhe sehen konnte. Zwischen den Gangsterfamilien wurde getuschelt, sie machten über die Tischreihen hinweg Zeichen und schoben den Kellnern Zettel in die Taschen. Bei den Longfingers war das anders. Sie machten keine gemeinsamen Sachen mit anderen Gangstern. Lucy überlegte gerade, wie sie die Botschaften am besten abfangen konnte, als sie sich auf einmal beobachtet fühlte. Ratto! Der Boss starrte sie an. Lucys Herz fing sofort an zu hämmern. Sie rutschte tiefer in ihren Stuhl. Das Licht des Beamers fiel kurz auf Rattos Gesicht. Tatsächlich! Das rechte Auge war hellgrün und das linke hellblau. Unheimlich! Ob das echt war? Es gab ja auch farbige Kontaktlinsen. Aber warum sollte der Boss die tragen? Obwohl, ihre Mutter trug ja auch farbige Kontaktlinsen. Sie hatte so auffällig grüne Augen, dass sie diese lieber tarnte. Rattos grünes Auge sah durch Lucy hindurch, während das hellblaue sie fixierte. Lucy senkte schnell den Blick. So ein gruseliger Typ! Wollte er sie etwa an das Ultimatum erinnern? Lucy tat so, als notiere sie etwas. Endlich klatschten alle. Die Präsentation war vorbei.

Ihr Vater stöhnte: »Wurde auch Zeit!«

Lucys Mutter flüsterte: »Die Crumbs schicken sich Zwergtauben mit den Cerriones.«

»Ich dachte, Tauben wären auf den Treffen verboten«, sagte ihr Vater. Lucys Mutter zeigte auf eine winzige Taube und zuckte mit den Schultern.

»Und die Rights versuchen es mit Kuchen«, grinste ihr Vater. »Dritte Reihe, ungefähr in der Mitte.« Er zeigte auf eine Frau mit blonder Perücke, die vor einem runden Schokokuchen saß und nach rechts und links schielte. Lucy überlegte. Konnte sie eine Taube abfangen? Vielleicht gab es einen Hinweis auf den Koffer. Aber das wäre wirklich ein Glückstreffer. Sie seufzte tief.

»Geht's dir gut?«, fragte ihr Vater.

Lucy murmelte: »Ich bin müde.«

»Weil jetzt die Aufregung von dir abfällt«, sagte ihre Mutter und tätschelte Lucy die Hand.

»Müde?«, mischte sich die alte Jolanda ein. »Früher waren wir nie müde. Wir haben Tag und Nacht durchgeklaut.« Lucy grinste. Ganz schön cool, die Oma.

»Eine halbe Stunde Pause!«, dröhnte Torres' Stimme durch den Raum.

Die meisten nutzten die Pause, um Geschäfte zu machen. Lucys Vater wollte kurz zur Toilette.

»Victor!«, ermahnte Lucys Mutter ihn. »Ein Longfinger benutzt niemals ein Klo ohne Fenster! Punkt 22 im Kodex.«

»Und was soll ich deiner Meinung nach machen?«, brummte ihr Vater. Ihre Mutter zuckte mit den Schultern. »Geh doch raus.«

Ihr Vater murmelte irgendwas und stapfte aus dem Raum. Lucy schob ihren Stuhl zurück. »Ich geh auch ein bisschen rum«, sagte sie.

Ihre Mutter griff nach ihrer Hand. »Bleib bitte in der Nähe!«

Lucy nickte. Sie setzte sich ihre Kopfhörer auf und wippte mit dem Kopf einen imaginären Takt. So belauschte Lucy unbemerkt Unterhaltungen, hielt nach den Stiefeln Ausschau und verfolgte einen der Kuriere in die Tunnel. Doch schließlich kehrte sie um. Sie wollte lieber nicht so lange wegbleiben. Auf dem Rückweg flog ihr eine kleine Taube entgegen. Lucy lockte sie zu sich und nahm ihr den Zettel vom Bein. *Papierkorb Ecke Wesley Drive und Olive Avenue, 10 Uhr* stand auf dem Zettel. Lucy seufzte. Es wäre ein zu großer Zufall, wenn das ausgerechnet mit dem Koffer zu tun hätte. Nein, so brachte das nichts.

Als der Gong das Ende der Pause ankündigte, war Lucy missmutig. Wenn alle wieder saßen, konnte sie keine Schuhe mehr untersuchen.

Der zweite Vortrag schien ewig zu dauern. Lucy spielte gelangweilt mit ihrem Messer und war froh, als endlich der Gong zur Mittagspause ertönte. Torres rief: »Die Suppe wird an den Tisch serviert.«

Die Saaltür wurde geöffnet. Zwei Kellner schoben Servierwagen mit Tellern herein, aus denen heißer Dampf aufstieg. Lucy beäugte die dampfende Suppe. Suppe war für sie kein Essen. Und Hunger hatte sie sowieso nicht. Ihr Vater rümpfte die Nase. »Aha, das ist also das vegetarische Mittagessen.«

Um nicht aufzufallen, nahm Lucy einen Löffel Suppe. Es war eine würzige Tomatensuppe, und sie lief warm in ihren Bauch hinein. Das tat gut bei der Kälte hier unten. Lucy aß mit plötzlichem Heißhunger weiter. Auf einmal klirrte es laut. Einem Jungen in der Reihe vor ihnen war der Löffel auf den Boden gefallen. Seine Mutter schimpfte. Der Junge bückte sich nach dem Löffel und verschwand halb unter der Tischdecke. Klar! Das war die Lösung!

Lucy wartete einen günstigen Moment ab. Als Ratto sich zu Torres beugte, kroch sie blitzschnell unter den Tisch. Jetzt hatte sie einen ausgezeichneten Blick auf alle Schuhe. Vorsichtig kroch sie weiter bis zum Ende. In dieser Reihe trug niemand die Stiefel. Sie musste in die nächste Reihe. Wie kam sie dahin, ohne aufzufallen? Lucy richtete sich etwas auf. Dabei stieß sie gegen ein Bein.

»Iiiiihhhhh!«, kreischte eine schrecklich schrille Mädchenstimme. Ein Bein in weißer Strumpfhose trat aus und traf Lucy am Oberarm. Lucy konnte gerade noch ein lautes Aua! unterdrücken.

»Da ist was unter dem Tisch!«, kreischte die Stimme.

Verdammt, sie war aufgeflogen! Das Tischtuch wurde hochgehoben, und Lucy blickte in ein bulliges rotes Gesicht mit Doppelkinn und Bartstoppeln.

»Was machst du da an den Füßen von Scarlett?«, motzte die Bulldogge.

»Entschuldigung«, sagte Lucy leise, »ich hab mein Medaillon verloren.« Sie kroch etwas unter dem Tisch hervor und legte den Finger auf ihre Lippen. »Psst, bitte! Wenn mein Vater erfährt, dass es weg ist, bekomme ich gehörig Ärger.« Sie setzte einen möglichst mitleiderregenden Blick auf.

»Ärger kriegst du gleich von mir! Pass bloß auf, sonst …«

»He! Was ist da hinten los? Gibt's Probleme?«, dröhnte Torres' Stimme durch den Raum. Lucy war blitzschnell. Als der bullige Typ zu Torres schaute, war sie schon unter dem Tisch verschwunden. Sie löste sich den Zopf, verwuschelte ihre Haare, damit er sie nicht wiedererkannte, und schob sich am Ende der Reihe zurück auf ihren Platz.

»Psst!«, machte sie zu ihrer Mutter, als diese etwas sagen wollte.

Die Bulldogge hatte sich wieder gesetzt. Bestimmt wollte der Kerl selbst nicht auffallen.

Nach dem Mittagessen hatten Lucy, ihre Eltern und eine andere Familie zusammen eine Töpferscheibe zur Verfügung. King Ratto war zum Glück nicht mehr im Raum. Lucy töpferte schnell eine Feile in eine Vase und ging dann von Tisch zu Tisch, scheinbar interessiert an den Töpferstücken. Aber die Stiefel fand sie nicht.

»Ich geh mal rüber in den Drohnenkurs«, sagte Lucy.

»Hm«, machte ihre Mutter. Sie sah gar nicht von der Vase auf, die sie gerade töpferte. Es schien ihr ernsthaft Spaß zu machen. Lucy schüttelte den Kopf, huschte aus dem Raum und öffnete vorsichtig die Tür auf der gegenüberliegenden Seite. Zum Glück war Ratto auch in diesem Kurs nicht. Der Kursleiter, ein dünner Mann mit stechenden Augen, stand vorne mit einer großen Drohne in der Hand. Lucy hörte nicht zu, sondern konzentrierte sich auf die Schuhe der Gangster. Jetzt sollten sie jeweils zu zweit zum Kursleiter kommen, um Flugversuche mit der neuen Drohne zu unternehmen. Viele Familien verließen den Raum, weil sie noch nicht an der Reihe waren. Lucy schlenderte nach vorne, um weiter Ausschau nach den Schuhen zu halten.

»He, du«, fuhr der Kursleiter sie an. »Du bist noch nicht dran!«

»Ich wollte doch nur …«, begann Lucy.

»Halt den Mund. Für Kinder ist das eh nichts.«

Lucy knurrte leise, schluckte aber die freche Antwort runter, die ihr schon auf der Zunge lag. Sie wollte nicht auffallen.

Als der Kurs fast zwei Stunden später vorbei war, war Lucy sicher, alle Schuhe gesehen zu haben. Doch die Stiefel waren leider nicht darunter gewesen. Plötzlich plingte ihr Handy. Es war eine Nachricht von Fujii:

18 Uhr Postamt an der Lilian Street, Kennwort: Neunundachtzig Korinthenkackerfüße, C. F.

»O nein!«, stöhnte Lucy. Nach dem Gangstertreffen auch noch Fujii-Treffen! Für heute reichte es ihr eigentlich. Und was bitte war das für ein Kennwort? Nahm Fujii sie auf den Arm oder wollte er ihr Gedächtnis trainieren?

Als Torres die Familien im Maschinenraum verabschiedete, richtete sie allen von Ratto aus, dass am Ausgang für jede Familie eine Rolle Falschgeld als kleine Aufmerksamkeit bereitläge und er erwartete, dass morgen alle wieder pünktlich wären und ihr Messer dabei hätten. Der Gangsterboss schien das Treffen schon verlassen zu haben.

Um Punkt 17 Uhr standen Lucy und ihre Eltern wieder am Transporter.

»Darf ich bitten, meine Damen?«, sagte ihr Vater und öffnete ihnen die Tür.

Lucys Mutter lächelte ihn an. »Zum Glück hat Ratto uns nicht vor allen bedrängt, zukünftig für ihn zu arbeiten.«

Lucy war auch froh, dass der erste Tag vorbei war, ohne dass Ratto sie in die Mangel genommen hatte. Weitergekommen war sie allerdings nicht. Hoffentlich hatte Fujii interessante Neuigkeiten!

Die Lilian Street lag im besonders schönen St.-Vincent-Viertel, nicht weit von ihrer Villa. Es war nach einer kleinen Kirche benannt, der ältesten in Mable Beach. Lucy kannte das Postamt, sie gaben hier manchmal Pakete ab. Sie warf ihr Rad auf den Gehsteig. Es war genau sechs, und Fujii war mal wieder nicht zu sehen. Lucy betrat das kleine Postamt. Nur ein Postbeamter stand hinter dem Schalter. Und der … war Fujii! Er trug eine blaue Uniform samt Kappe und seine getönte Brille. »Guten Tag, junge Dame, Sie wollen sicher ein Paket abholen?«

Lucy nickte. Dann fiel ihr ein, was Fujii bei ihrem Treffen im Café gesagt hatte. Kennwort immer zuerst.

»Neunundachtzig Korinthenkackerfüße«, knurrte sie.

Fujii grinste. »Sehr gut. Zeigen Sie mir bitte den Code auf Ihrem Handy.«

Lucy zögerte. Aber dann hielt sie ihm ihr Handy hin. Fujiis Scanner piepte über ihrem Handy. Stopp! Hatte der Agent sich Informationen von ihrem Handy gezogen? Verdammt! Aber was gab es schon auf ihrem Handy? Fotos von Cash und langweilige Nachrichten an ihre Mutter …

Über Fujiis kleines Gesicht huschte ein Anflug von einem Grinsen, das sofort wieder verschwand. Lucy ärgerte sich, dass sie nicht vorsichtiger gewesen war, und zog ihr Handy weg. Der Agent steckte den Scanner in seine Gürteltasche, ging nach hinten und kam mit einem sperrigen Paket um den Schalter herum. Er war jetzt ganz nah bei Lucy und sagte: »Deine Ausrüstung. Und? Schon eine Spur?«

Lucy schüttelte den Kopf. Sie hatte keine Spur. Weder von den Stiefeln noch vom Koffer und auch nicht, was ja viel wichtiger war, von Rattos krummen Geschäften.

Fujiis Handy plingte, und er tippte etwas ein. Blitzschnell – keiner hätte auch nur eine Bewegung ihrer Hände bemerkt – zog Lucy dem Agenten etwas aus seiner Gürteltasche. Sie fühlte eine kleine Karte in ihrer Hand und ließ sie in die Tasche ihrer Lederjacke gleiten.

Eine Frau betrat das Postamt. Fujii nickte Lucy knapp zu. Lucy zog das Paket vom Schalter und klemmte es sich unter den Arm. »Schönen Tag noch«, rief sie und huschte aus der Tür.

Kapitel 9

Toni will mitmachen!

Lucy eilte mit dem Paket nach oben in ihr Zimmer.

»Lucy?«, rief ihre Mutter von unten.

»Ich komm gleich!« Lucy schloss leise die Zimmertür hinter sich. Dann riss sie das Paket auf. Aha. Eine schwarze Strumpfmaske. Ein Dietrich. Der war viel besser als ihrer. Sie tauschte ihn sofort gegen den alten in der Lederjackentasche aus. Ein Funkgerät, ein Sensor, ein Abhörgerät, eine Perücke mit braunen Locken. Und … wow! Ein winzig kleines Handy. Lucy schaltete es ein. Es plingte, und eine Nachricht erschien auf dem Display.

Hallo Lucy. Ich kann dich immer finden, wenn du das Handy bei dir trägst! C. F.

Lucy schaltete es aus. Sie wollte definitiv nicht gefunden werden!

Fernglas, Klebeband, zwei Wanzen, eine schwarze Sonnenbrille mit eingebauter Kamera. Hm, wenn diese Sonnenbrille eine Kamera hatte, was für eine Spezialtechnik steckte wohl in Fujiis getönter Brille? Die müsste sie ihm mal abnehmen! Dann war da noch ein Mini-Erste-Hilfe-Set, so ein kleines hatte sie noch nie gesehen, es war kleiner als eine Streichholzschachtel. Lucy hatte fast alles ausgepackt, bis auf … Sie zog die letzte Packung heraus und öffnete sie. Eine Pistole! Fujii traute ihr wohl einiges zu! Lucy nahm sie vorsichtig aus dem Paket. Die Longfingers lehnten Waffen jeder Art ab. Trotzdem kannte Lucy sich aus. Also, diese Pistole war eine Attrappe. Lucy verstaute alle Sachen in ihrem Rucksack, bis auf das Handy und die Pistole. Die legte sie zurück in den Karton und schob ihn weit nach hinten unter ihr Bett.

Als sie die Treppe herunterkam, stand Cash auf und wedelte. Er hatte auf sie gewartet. Lucy kniete sich hin und umarmte ihn. »Jetzt bin ich da, mein Großer!« Cash leckte ihr durchs Gesicht.

»Wo sind denn alle? Es ist so ruhig hier!« Cash lief ins Wohnzimmer, und Lucy folgte ihm.

Ihre Eltern saßen auf der Couch, was selten vorkam. Beide trugen noch ihre schicken Klamotten vom Gangstertreffen. Als Lucy sich zu ihnen setzte, verstummten sie. Ihre Mutter legte den Arm um Lucy und zog sie an sich. »Du bist ganz schön blass heute. Was sollen wir zum Abendbrot essen? Ein saftiges Steak nach der dünnen Suppe?«

»Och, ich hab gar keinen Hunger«, sagte Lucy und gähnte.

»Was wünscht du dir eigentlich zum Geburtstag?«, wechselte ihre Mutter das Thema.

»Och, weiß nicht.« Lucy zuckte mit den Schultern.

»Vielleicht ein neues Handy?« Aber würde sie sich richtig darüber freuen?

»Hm«, machte ihre Mutter. »Überleg doch mal, ob dir noch was Schöneres einfällt.«

»Lass mal. Ich glaub, ich weiß, worüber sie sich freuen würde«, sagte ihr Vater. Er lächelte geheimnisvoll und stand auf. »Ich zieh mich erst mal um.«

Ihre Mutter nickte. »Ich springe schnell unter die Dusche. Dann können wir ja eine Kleinigkeit essen.«

Beide gingen nach oben. Lucy blieb sitzen. Cash legte den Kopf auf ihr Knie, und Lucy streichelte ihn. Im Wohnzimmer war es vollkommen still. Draußen zwitscherte ein Vogel. Lucy hörte ihm zu und merkte dabei, wie erschöpft sie gerade war. Wie gut es tat, einfach hier zu sitzen. Vielleicht sollte sie mal früh ins Bett gehen? Aber Cash brauchte noch seine Runde, und die Mäuse hatte sie auch vertröstet heute Morgen.

Da klingelte es an der Tür. Lucy sprang auf. Wieso ging der Alarm nicht an? Lucy war sofort hellwach. Sie lief zur Haustür und schaute auf die Türkamera. Was? Sie schnappte nach Luft. Toni Sonnenschein? Das durfte doch nicht wahr sein!

»Lucy?«, rief ihr Vater von oben. »Schau erst auf die Kamera, ich hab den Alarm ausgestellt!«

»Alles klar!«, rief Lucy schnell. »Ich mach das schon! Ist nur der Junge mit dem Wochenblatt!«

Was fiel Toni denn ein! Sie öffnete die Haustür einen Spaltbreit und zischte: »Spinnst du? Du sollst nicht zu mir kommen! Hab ich dir doch gesagt!« Sein Lastenrad stand genau vor dem Haus – er kapierte es einfach nicht!

»Ja, ja«, lachte Toni. »Aber ich hab mir gedacht, du könntest Hilfe gebrauchen.«

»Hilfe wobei?«, fragte Lucy und ärgerte sich sofort, dass sie gefragt hatte.

»Na bei der Suche nach dem Koffer. Ich …«

»Blödsinn«, knurrte Lucy. »Ich brauch keine Hilfe. Und jetzt los, mach, dass du wegkommst!«

»Aber …«

»Auf Wiedersehen!« Lucy warf die Haustür zu und lehnte sich von innen dagegen.

Ihr Vater kam die Treppe herunter. »Der Zeitungsbote? Jetzt am Abend?«

Lucy nickte. Schon wieder eine Lüge. Nur wegen diesem Toni-ich-misch-mich-ein-Sonnenschein.

»Und wo ist die Zeitung?«, fragte ihr Vater.

»Die brauchen wir nicht, hab ich gesagt. Steht doch immer das Gleiche drin.«

Ihr Vater nickte. »Finde ich auch.«

Lucy folgte ihrem Vater in die Küche. Sie hatte ein schlechtes Gewissen wegen ihrer Lügen.

»Ich hab Hunger«, sagte er. »Pizza bestellen?«

Lucy zuckte mit den Schultern. »Weiß nicht. Frag Mum doch mal, ob sie will.« Sie ging zurück ins Wohnzimmer und ließ sich auf die Couch fallen. Doch ihre schläfrige Ruhe von vorhin war wie weggeblasen.

»So eine Nervensäge, dieser Toni«, knurrte sie und griff nach einer Zeitschrift. Als ihre Mutter eine Viertelstunde später die Treppe herunterkam, lief Lucys Vater ihr entgegen. »Endlich! Du hast gesagt, du springst nur kurz unter die Dusche! Ich hab Hunger. Soll ich Pizza bestellen?«

Da klingelte es erneut an der Tür. Lucy sprang auf. Nicht schon wieder! Ihr Vater rief: »Ich geh schon!«

Lucy eilte hinter ihm in den Flur. Gerade trat ein Pizzabote mit einer großen Lieferbox ein. Lucy kannte den Boten und den Lieferdienst, da bestellten sie immer. Er war der Einzige, der die Villa betreten durfte.

Mit dem Pizzaboten kam ein würziger Duft herein und hinter dem Pizzaboten – Toni!

Er trug zwei Papiertüten mit dampfenden Pizzabrötchen und tat so, als gehöre er dazu. Cash lief sofort zu ihm und wedelte mit dem Schwanz.

Ihr Vater drehte sich strahlend zu Lucy um. »Mensch, Lucy! So eine tolle Überraschung!«

Toni legte hinter dem Rücken ihres Vaters den Finger auf die Lippen. Lucy, die grade losschimpfen wollte, schloss den Mund wieder und blitzte Toni so ärgerlich an, wie sie nur konnte. Dem würde sie was erzählen! So eine Frechheit, einfach hier hereinzuspazieren! Und eine Oberfrechheit, in ihrem Namen Pizza zu bestellen! Lucy hatte das Gefühl, gleich zu platzen vor Wut. Der Pizzabote stellte die Lieferbox ab und öffnete den Deckel. Der köstliche Duft breitete sich aus. Cash sauste sofort zur Box. Toni drückte Lucys Vater die Tütchen mit den Brötchen in die Hand und zwinkerte Lucy zu. Der Pizzabote lud Lucys Vater drei gestapelte Pizzakartons auf den Arm.

»Hilf mir doch mal!«, bat ihr Vater und drückte Lucy alles in die Arme. »Sind noch nicht bezahlt, nehme ich an«, sagte er schmunzelnd und holte sein Geld aus der Hosentasche.

Lucy brachte die Pizzen in die Küche. Wie konnte man nur so neugierig sein wie Toni! Sie musste ihn loswerden, und zwar sofort! Sie flitzte zurück in den Flur. Nanu? War Toni nach draußen verschwunden, oder war er etwa …?

Ihr Vater schloss gerade die Haustür. Lucy rannte zur Treppe.

»He, wo willst du denn hin?«, rief ihr Vater. »Die Überraschung ist dir wirklich gelungen! Nach diesem anstrengenden Tag!«

»Bin sofort wieder da!« Lucy sauste die Treppe hoch, Cash folgte ihr schwanzwedelnd. In Lucys Zimmer lief er schnurstracks auf ihr Bett zu und bellte. Konnte es wirklich sein, dass …? Lucy riss die Bettdecke hoch. Tatsächlich! Da lag Toni Sonnenschein und grinste sie an.

»Spinnst du?«, schrie Lucy, hielt sich aber sofort selbst die Hand vor den Mund. Ihre Eltern durften nichts hören!

Toni setzte sich auf. »Pass auf, ich wollte nur …«

»Sofort raus!« Lucy war stocksauer. Wie konnte er es wagen! Einfach in die Villa zu spazieren und in *ihrem* Zimmer auf *ihrem* Bett zu liegen! Woher wusste er überhaupt, wo ihr Zimmer war? Da hörte sie Schritte auf der Treppe.

»Keinen Mucks«, knurrte sie. »Ich geh runter essen, und danach lass ich dich raus, verstanden?«

Toni zog eine Schnute. »Okay, aber erst, wenn ich dir …«

Lucy drückte ihn runter und zog die Bettdecke über ihn. »So eine blöde Idee«, fluchte sie und schloss gerade noch rechtzeitig die Tür, bevor ihr Vater oben an der Treppe war.

»Ich dachte, ich hätte Stimmen gehört«, sagte er. »Wo bleibst du denn?«

»Ich hab mit Cash geredet.« Lucy zog ihren Vater mit sich die Treppe runter. »Puh, ich dachte, ich hätte mein Handy auf dem Treffen vergessen. Hab ich aber nicht. Hier ist es!« Sie wedelte mit ihrem Handy. Eigentlich sollte sie ihren Vater Sonnenschein-Toni erwischen lassen! Der würde ihn mit einer Frikadelle am Po von Cash durch die Villa jagen lassen!

Lucy zog sich so energisch ihren Stuhl vom Tisch, dass er fast umkippte. Ihre Eltern schauten sie erstaunt an. »Alles in Ordnung?« Lucy nickte grimmig.

Beim Essen drückte ihre Mutter Lucy einen Kuss auf die Wange. »Danke für die Pizza, mein Schatz. Du hast immer so tolle Ideen! Ganz die Mama!«

Ihr Vater knuffte ihre Mutter in die Seite. »Ganz der Papa, wolltest du wohl sagen!«

Lucy lächelte nur. Gelächelt war nicht gelogen.

Nach drei Stücken Pizza sagte sie: »Ich bin todmüde. Kann ich schon hochgehen? Ich glaub, heute geh ich mal früh ins Bett.«

»Klar«, sagte ihr Vater mit vollem Mund. »Schlaf gut, mein Schatz.«

Ihre Mutter schaute sie besorgt an. »Ist wirklich alles in Ordnung?«

Lucy nickte. »Ja. War nur anstrengend heute.«

»Das ist auch nicht wirklich was für Kinder, das sage ich ja jedes Jahr«, sagte ihre Mutter.

»Jetzt mach mal halblang, Geraldine. Sie ist eine Longfinger!«, konterte ihr Vater.

Sollten sie ruhig noch etwas diskutieren, dann störte sie oben keiner, wenn sie sich Toni vorknöpfte!

Lucy ging langsam aus der Küche, aber kaum war sie um die Ecke, flitzte sie los. Sie nahm drei Stufen auf einmal. Cash war dicht hinter ihr.

»Jetzt fliegt er raus«, murmelte sie, als sie ins Zimmer stürmte. Mit einem Ruck zog sie die Bettdecke weg. Und musste lachen. Toni Sonnenschein hatte ein Gesicht wie die glutrote Abendsonne. Kein Wunder, unter der Bettdecke war es viel zu heiß. Toni hielt sich schützend die Hände vors Gesicht.

»Na, hast du solche Angst vor meinem Vater?«

»Nicht vor deinem Vater, vor dir!«, sagte Toni und

grinste. Er schwang die Beine aus dem Bett. »Und? Du hast zugesagt, stimmt's? Du machst den Auftrag, ja? Und ich mach mit!«

Lucy starrte ihn entgeistert an. »Toni Sonnenschein! Du glaubst wirklich, du könntest dich hier so in mein Leben gaunern, was?«

Toni kicherte. »*Gaunern,* das ist gut! Mal ehrlich, Juicy Lucy, manche Dinge machen halt mehr Spaß, wenn man sie *zusammen* macht.«

»Nein!« Moment mal, wie hatte er sie genannt?

»Bitte.«

»Das geht nicht.«

»Ja, ja. Wegen diesem Ich-darf-gar-nichts-Kodex.«

Wie bitte? Sonnenschein-Toni, der sich nur mit Eis auskannte, der null Ahnung von ihrem Leben hatte, wagte es, den Kodex schlechtzumachen! Lucy schnaubte vor Wut. Aus Trotz gab sie nach. »Gut. Du darfst mitmachen. Aber nur heute Abend.«

»Juchhu!«, jauchzte Toni und machte einen Luftsprung wie ein Rockstar auf der Bühne. Es rumste, als er wieder landete.

»Psst«, zischte Lucy ärgerlich. Sie schloss die Tür ab und machte Musik auf ihrem Handy an. Dann setzte sie sich an ihren Schreibtisch. Toni schlenderte im Zimmer herum, schaute hinter den Schrank und trat ans Fenster.

»Ganz ehrlich, von außen sieht die Villa noch größer und verwinkelter aus als von innen«, sagte er.

»Toni!«, mahnte Lucy. »Hierher.« Sie zeigte auf den kleinen Hocker neben dem Schreibtisch.

»Ich bin doch kein Hund«, maulte Toni. Aber er setzte sich brav auf den Hocker. Jetzt war er einen ganzen Kopf kleiner als Lucy.

»Damit klar ist, dass *du* der Boss bist, was? Solche Psycho-Tricks kenn ich, das ist in Filmen auch immer so.«

Cash setzte sich neben Toni. So ein Verräter!

»Genau, ich bin der Boss« sagte Lucy. »Und das gilt auch für Cash.«

»Klar, Boss«, sagte Toni. »Cash, sag: *Klar, Boss.*«

Lucy verdrehte die Augen. »So, und wie stellst du dir das vor mit deiner Hilfe?«

Toni klatschte verzückt in die Hände. »Du hast zugesagt, ich wusste es!«, rief er.

Lucy seufzte. Tonis Augen leuchteten. »Du arbeitest jetzt für den Geheimdienst! Wow! Erzähl mir zuerst mal von der Spur, die du hast.«

»Aber ich hab noch keine Spur! Weder vom Koffer noch von den Stiefeln!«

»Koffer? Du sollst einen Koffer zurückklauen?«

Lucy nickte. »Einen kleinen silbernen.« Schadete ja nicht, wenn Toni das wusste.

Toni lehnte sich zurück. »Okay, ein Koffer also. Da muss ja was Hochbrisantes drin sein. Und warum die Stiefel?«

Lucy seufzte. »Tja, die einzige Spur des Geheimdienstes ist ein Foto von den Stiefeln des Diebes.«

Toni sprang auf. Der Hocker kippte um. Wenn das so weiterging, standen gleich ihre Eltern im Zimmer!

»Jetzt ist mir alles klar! Und? Wo suchst du? Da komm *ich* doch ins Spiel! Ich helf dir suchen!«

»Nein«, Lucy schüttelte den Kopf. »Da, wo ich suche, hast du nichts zu suchen.«

Toni kicherte. »Sehr witzig.« Er stellte den Hocker wieder hin und sah ihr direkt in die Augen. »Aber jetzt mal im Ernst: Ich bin gut im Suchen …«

»Ich meine es auch ernst.« Lucy wurde ungeduldig. »Ich suche auf dem Gangstertreffen, und da kannst du unmöglich hin!«

»Gangstertreffen! Wow!« Toni ließ sich wieder auf den Hocker plumpsen. »Ihr habt ein richtiges … toll! Ja, aber … wieso da?« Er beugte sich vor und zwinkerte Lucy zu. »Gib's zu! Du hast *doch* schon eine Spur!«

Lucy verdrehte die Augen. »Hab ich nicht. Aber wenn alle Gangster Kaliforniens sich an *einem* Ort treffen, dann ist das ja wohl *die* Gelegenheit, den Dieb des Koffers zu finden!«

»Und du brauchst nur nach den Stiefeln vom Foto Ausschau halten, dann hast du den Dieb!«, rief Toni. »Und? Wann ist das Treffen?«

Lucy seufzte. »Heute war der erste Tag. Es geht bis nächsten Dienstag.«

Tonis Augen leuchteten. »Wie spannend! Und wo? Also, mir fallen da zwei Orte ein, die düster und unauffällig genug sind …«

»Und du meinst wirklich, das binde ich dir auf die Nase?« Lucy schüttelte den Kopf.

»Hm, du hast recht. Ist wahrscheinlich besser, wenn ich nichts weiß. Ich will ja nicht von irgendwelchen Schurken als Fischfutter ins Meer geschmissen werden. Also, ihr habt gerade Gangstertreffen, und du suchst dabei nach einem silbernen Koffer. Und der Dieb hat vielleicht die Stiefel an, und daran könntest du ihn erkennen. Und …«

»War doch gar nicht so schwer«, sagte Lucy und merkte selbst, wie spöttisch sie klang. Aber Toni Sonnenschein schien sich dadurch nicht die Laune verderben zu lassen.

»Und? Was kann ich tun?«, fragte er mit glänzenden Augen.

»Gar nichts.« Lucy zuckte mit den Schultern.

Toni sackte auf seinem Hocker zusammen. »Och, schade. Überleg doch noch mal, ob du nicht für mich …«

»Das sind echt gefährliche Leute, Toni. Mit denen willst du gar nichts zu tun haben.« Lucy überlegte kurz, ob ihr irgendein kleiner Botengang einfiel, den Toni übernehmen könnte. Damit er sie danach in Ruhe ließ. »Hm, warte mal … nein, das geht nicht. Und außerdem stehe ich auch selbst total unter Druck. Fujii hat gesagt …«

»Fujii?«

»Der Agent vom Geheimdienst.« Lucy seufzte und erzählte Toni von ihrem Treffen mit dem kleinen drahtigen Agenten. Und dass sie herausgefunden hatte, wo sich die Zentrale des Geheimdienstes in Mable Beach befand. Toni fielen fast die Augen aus dem Kopf.

»Aber in Mable Beach … und ich dachte immer … Krass! Wo denn?«, stammelte er.

Lucy schüttelte den Kopf. Das ging Toni nichts an. »Dieser Fujii hat jedenfalls gesagt, ich *muss* den Koffer finden, sonst informiert er die Polizei über die Aktivitäten meiner Eltern«, sagte sie.

»Au Backe«, murmelte Toni. Er beugte sich vor und tätschelte Lucys Schulter. »Okay, dann warte einfach mal bis morgen. Ich wette, du findest …«

»Viel wichtiger als der Koffer ist ein Beweis für Rattos kriminelle Machenschaften«, knurrte Lucy.

»Ratto?«

»Ja, der Oberboss«, brummte Lucy. Sie trommelte ungeduldig mit den Fingern auf dem Tisch herum.

»Waaas?« Toni riss die Augen auf. »Du willst nur den Geheimdienst auf die Spur von eurem Oberboss bringen? Du willst gar nicht wirklich helfen? Kneif mich mal, das glaub ich nicht!« Toni sprang auf. »Das ist nicht dein Ernst! Das ist … Das ist … hinterhältig!«

»Wie sonst soll ich dem Ultimatum entkommen?«, fuhr Lucy ihn an. Und wünschte sich sofort, sie hätte nichts gesagt.

»Ultimatum?«, hakte Toni nach und zog die Augenbrauen hoch.

»Ja«, knurrte Lucy. »Ich soll für King Ratto arbeiten. Wenn ich mich nicht freiwillig seiner Truppe anschließe … passiert meinen Eltern was.«

Toni schlug sich die Hand vor den Mund. »Ach du dickes Ei! Das ist wirklich heftig! Kannst du denn gar nichts tun? Die Polizei rufen oder …« Er merkte selbst, was er da gesagt hatte und ließ sich wieder auf seinen Hocker sinken. »Au Backe.«

Lucy starrte Toni an. Jetzt wusste er über *alles* Bescheid. Auch über das verdammte Ultimatum. Dass sie überhaupt keine Wahl hatte. Sie *musste* den Koffer finden, und sie *musste* den Geheimdienst auf Rattos Spur bringen. Beides für ihre Eltern. Und für sich selbst, denn ohne ihre Eltern wäre ihr eigenes Leben ja auch nichts mehr wert.

»Hör mal, kein Wort zu irgendwem, verstanden?«, knurrte sie.

»Klar.« Toni nickte eifrig und hob die Hand. »Ich schwöre auf meine kleine Schwester. Und auf meine Eltern. Und auf …«

»Schon gut«, brummte Lucy.

»Hast du denn gar keine Idee, wo du ansetzen könntest?«

Lucy schüttelte den Kopf. »Noch nicht.« Nachdenklich zog sie die Karte aus der Hosentasche, die sie Fujii vorhin abgenommen hatte. »Ich hab die hier.« Sie drehte die Karte um. »Könnte Fujiis Zugangskarte zur Geheimdienstzentrale sein.«

»Zeig mal her.«

Lucy hielt ihm zögernd die Karte hin.

»Klar.« Toni nickte. »Eine Chipkarte für ein elektronisches Türschloss. Die hast du ihm einfach geklaut?«

Seine Miene verriet, dass er sich nicht entscheiden konnte, ob er Lucy dafür bewundern oder verurteilen sollte.

Lucy zuckte mit den Schultern. »Er hat mir schließlich kaum Informationen gegeben.«

Toni schwieg.

Toni schwieg? Unmöglich! Er machte Lucy ständig wütend, ungeduldig oder brachte sie zur Verzweiflung – aber jetzt musste Lucy wirklich lachen. Toni starrte Lucy ungläubig an. Dann lachte er mit.

»Warum lachst du eigentlich?«, fragte er nach einer ganzen Weile.

Lucy zuckte mit den Schultern. »War einfach komisch, dass du nichts gesagt hast.«

»Als ob ich immer reden würde«, rief Toni empört. Dann beugte er sich zu Lucy. »Hast du denn eine Idee, was in dem Koffer sein könnte? Das muss ja was wahnsinnig Wichtiges sein. Oder was Gefährliches«, überlegte er.

Stimmt, dachte Lucy. Herrje, warum war sie selbst nicht früher darauf gekommen? *Forschungsergebnisse*, hatte Fujii gesagt. Vielleicht konnte sie diese am Ende Ratto anbieten, damit der ihre Eltern und sie in Ruhe ließ! Was den Geheimdienst so brennend interessierte, musste auch für Gauner von Nutzen sein!

»Weißt du was?«, sagte sie entschlossen und wedelte mit Fujiis Zugangskarte. »Ich geh zum Geheimdienst und hole Informationen über den Koffer.«

»Wow«, sagte Toni baff. »Das traust du dich? Und wenn die dich erwischen?«

»Die erwischen mich nicht«, sagte Lucy.

»Aber wie …?«

»Toni!«

»Ja, schon gut. Hör mal, die haben bestimmt eine Akte über deinen Auftrag angelegt. So machen die das. Ich würde alle Ordner durchgehen …«

»Toni!«

»Ja, okay, du machst das schon.« Er beugte sich zum Schreibtisch und stützte seinen Kopf in die Hände. »Puh. Ganz schön aufregend. Was ist, wenn du nicht wiederkommst? Was soll ich dann machen?«

»Ich komm immer wieder.«

»Klar.« Toni nickte.

Lucy stand auf. »So. Ich muss ins Bett.«

Toni blieb sitzen. »Kannst du mir nicht noch kurz zeigen, wie blitzschnell du klauen kannst?« Er klimperte mit den Wimpern wie eine Schauspielerin.

»Nein«, sagte Lucy.

»Bitte!«, bettelte Toni.

Lucy verdrehte die Augen. Sie beugte sich zu Toni runter. »Würdest du jetzt bitte gehen?« Sie zeigte zum Fenster. In der Hand hatte sie Tonis rotes Halstuch.

»Wie … was …?«

Toni streckte die Hand nach seinem Halstuch aus. »Wow! Und ich hab nichts gemerkt! Das war wie … als ob du … gezaubert hättest.«

»Ich bin halt schnell.« Lucy zuckte mit den Schultern. Sie hob das Portrait von Opa Luis mit roter Baskenmütze an und betätigte den Schalter dahinter. Dann öffnete sie das Seitenfenster. »Raus mit dir. Der Alarm ist aus. Und unten verschwindest du sofort.«

Toni starrte Lucy entgeistert an. »Aus dem Fenster? Weißt du, wie hoch das ist?«

»Genau eine Etage, das sind drei Meter sechsunddreißig, plus Sockel im Erdgeschoss, macht ungefähr vier Meter fünfzig. Aber du sollst ja nicht springen! Nimm einfach die Feuerleiter.«

Toni beugte sich aus dem Fenster. »Oha!«

Lucy grinste. »Stell dich nicht so an, du wolltest doch unbedingt mitmachen.«

Toni stieg umständlich über das Fensterbrett auf die Feuerleiter. Er krallte sich an der Fensterbank fest.

»O nein, meine Beine zittern richtig … was ist, wenn ich …«

»Einfach nicht nach unten sehen«, sagte Lucy. »Jetzt mach schon, damit ich den Alarm wieder einschalten kann!«

Sie sah Toni hinterher, wie er Sprosse für Sprosse hinunterkletterte, als läge der Abgrund des Grand Canyon unter ihm. Was für ein Angsthase! Endlich war Toni unten und strahlte zu ihr hoch.

»Überlebt!«, rief er. »Morgen komme ich direkt über die Feuerleiter, gleiche Zeit!«

Dann flitzte er los, nicht ohne sich noch dreimal umzusehen und dabei jedes Mal zu stolpern.

»Von wegen morgen noch mal!«, knurrte Lucy. »Und außerdem mach *ich* die Termine, nicht du!«

Kapitel 10

Einfach hereinspaziert

»Und nun, liebe Familie, lasst uns beginnen«, dröhnte Torres' Stimme durch den höhlenartigen Raum. »Wir starten heute mit der Präsentation einiger Patente. Zwei geniale Erfinder möchten uns ihre innovativsten Ideen vorstellen. Danach wird der Boss persönlich über den erfolgreichen Zusammenschluss der Familien in Los Angeles und Mable Beach berichten. Um ein Uhr gibt es Mittagessen. Viel Vergnügen.«

Um kurz nach neun am Morgen saß Lucy zwischen ihren Eltern beim Gangstertreffen. Sie war erleichtert, dass King Ratto noch nicht auf dem Treffen erschienen war. Und sie war etwas nervös, denn heute wollte sie in die Geheimdienstzentrale einsteigen. Nur noch fünf Knäckebrote bis zum Ablauf des Ultimatums! Wenn sie nichts fand, was Ratto hinter Gitter bringen würde, dann könnte sie den Geheimdienst vielleicht erpressen: Sie würde Fujii den Koffer nur übergeben, wenn ihre Eltern vom Geheimdienst Schutz vor Ratto bekämen … Aber das war nur ein Notplan. Am besten wäre es, wenn sie beides in der Hand hätte: den Koffer für Fujii, damit er ihre Eltern nicht bei der Polizei verriet, und etwas gegen Ratto, damit der für immer im Gefängnis schmachten würde. Wie oft hatte sie diese Gedanken nun schon hin und her gewälzt!

»Gestatten Sie, meine Herrschaften, dass ich Ihnen die Erfindung des Jahrhunderts vorstelle, ohne die man als Gangster heutzutage nicht mehr auskommt?«

Der erste der angekündigten Männer hatte das Podest betreten. An der Wand erschien ein Bild von einem Roboter. »Was glauben Sie, wie groß er ist?«

»Ein Meter zwanzig!«

»Sechzig Zentimeter!«

»Zwei Zentimeter!«

Der Mann lachte. »Der *Ibanc* ist nur zwei Millimeter groß! Ein Staubkorn. Er fällt nicht auf, egal, wo Sie ihn platzieren. Und angenommen, Sie …«

Ganz süß, der kleine Roboter. Aber Lucy war in Gedanken schon beim Geheimdienst.

Nach dem *Ibanc* kam die zweite Erfindung. Irgendwas Futuristisches, was mit Spionage im Weltraum zusammenhing. Lucy hörte nicht zu. Eine Biene hatte sich in den Saal verirrt und summte zwischen den Tischreihen umher. Mal landete sie und krabbelte auf einem Löffel herum, dann flog sie weiter. Die Arme! Lucy nahm sich vor, sie in der nächsten Pause nach oben zu bringen. Sie schielte auf die Uhr. Gleich zehn. Eine halbe Stunde noch.

»Kurze Pause«, rief Torres nach dem Vortrag. Alle klatschten. Lucy auch, obwohl sie gar nichts mitbekommen hatte. Aber sie durfte nicht auffallen.

»Vor Rattos Vortrag gibt es Kaffee im Saal gegenüber«, sagte Torres. »Die Kaffeebohnen wurden heute Morgen frisch im Hafen gestohlen.«

Lucys Vater rieb sich die Hände. »Das war höchst interessant, wirklich! Jetzt freu ich mich aber auf einen Kaffee.«

Lucy sagte: »Ich hab mein Handy zu Hause vergessen. Kann ich es holen gehen? Kaffee mag ich eh nicht.«

Ihr Vater runzelte die Stirn. »Ausgerechnet jetzt? Wenn Ratto gleich redet, sollten wir besser alle da sein.«

Ihre Mutter schüttelte den Kopf. »Lass sie doch. Meinst du, es fällt auf, wenn sie nicht da ist?« Sie strich Lucy über den Arm. »Ist manchmal etwas langweilig für dich, stimmt's?«

Lucy nickte erleichtert. Sie wollte auf keinen Fall bei Rattos Vortrag dabei sein. »Ich lauf durch die Tunnel, dann bin ich schneller.« Das war nicht gelogen. Ihr Vater runzelte die Stirn. »Alleine?«

»Oder ich fahr dich«, sagte ihre Mutter.

»Quatsch!« Lucy griff nach ihrer Lederjacke. »Mir passiert schon nix.«

Lucy nutzte die Gelegenheit, alleine im Maschinenraum zu sein, und öffnete die Tür mit der Aufschrift *Garderobe.* Wohin die wohl führte? In einen dunklen

Flur mit drei weiteren Türen. Vorsichtig öffnete Lucy die erste. Ein kahler Raum mit einem Tisch, auf dem ein Hut, ein Mantel und ein Laptop lagen. Rattos Sachen? Hinter der nächsten Tür sah es fast genauso aus. Ein großer Sombrero und zwei aufgerollte Lassos ließen Lucy vermuten, dass Torres hier ihre persönlichen Dinge ablegte. Geradeaus ging es in einen Lagerraum. Gut, nun wusste sie schon mal, wo Ratto seine Pause verbrachte, wenn er nirgends zu sehen war.

Zwei Minuten später flitzte Lucy wie ein Blitz durch die dunklen Tunnel. 56, West Union Street, die Zentrale des Geheimdienstes, lag mitten in der City. Sie musste also die Tunnel in Richtung South-Pacific-Viertel nehmen, wo die Eisdiele *Morelli* lag, und dann noch ein Stück weiter zur *Bank of America*.

Zwölf Minuten später war Lucy unter der Bank und zwängte sich durch einen Spalt in den Aufzugschacht. Hinter der Fahrkabine lag ein geheimer Durchgang in die Tiefgarage der Bank. Dort rannte Lucy die Treppe hoch in die Bank und flitzte vorne aus dem Eingang heraus. Sie musste nur drei Straßen weiter.

Die West Union Street war wie leergefegt heute Morgen. Beim Bäcker kaufte eine Frau Brötchen, sonst sah Lucy niemanden. Sie setzte den Rucksack ab und zog ihre Lederjacke aus. Dann machte sie sich schnell zwei Zöpfchen. So sah sie unschuldiger aus. Lucy stopfte die Jacke in den Rucksack und holte den Spezial-Böller heraus. Er hatte eine extra lange und langsam brennende Zündschnur. Sie sah sich um, fand einen Abfallbehälter und steckte den Böller hinein. Einmal kurz das Feuerzeug dran gehalten … So, jetzt hatte sie vier Minuten!

Lucy zog Fujiis Zugangskarte aus der Hosentasche und steckte sie in den Schlitz der elektronischen Schließanlage. Die Anlage summte, dann machte es *Klick*, und die Haustür sprang auf. Lucy flitzte die erste Treppe hoch. Hoffentlich war Fujii nicht hier!

Sie entschied sich für die rechte Tür und schob wieder die Chipkarte in die Anlage. *Klick*. Lucy schlüpfte rein und stand in einem hypermodernen Flur, rechts und links Bürotüren.

Sssssssssssssss, ein mechanisches Summen ertönte. Es kam von drei Kameras, die sich gerade auf Lucy richteten. Und schon standen zwei Männer in grauen Anzügen vor ihr. Einer hatte eine Glatze, obwohl er noch recht jung aussah. Er war durchtrainierter als ihr Parkour-Trainer.

»Wie kommst du hier rein, Mädchen?«

Lucy schniefte. »Ich … ich wollte zu meiner Tante. Ich glaub, ich bin eine Straße zu früh abgebogen. Und dann … waren diese Männer mit Pistolen unten vor dem Haus. Und … die Haustür stand offen … und … die Tür hier auch … und da bin ich einfach rein.«

Die beiden Männer sahen sich an. Im gleichen Moment knallte es ohrenbetäubend laut unten vor der Haustür.

Lucy piepste: »Ich hab Angst!«

»Bleib hier drin«, zischte der Glatzkopf. Er drückte auf den obersten Knopf eines Displays an der Wand. Rote Kontrolllampen blinkten und mit einem Klick sprangen alle Türen in dem Gang auf. Aus den Zimmern kamen weitere Männer in Anzügen.

»Fall G 33, draußen!«, rief der Glatzkopf.

Die Männer zogen ihre Waffen und liefen in den Hausflur. Der Glatzkopf drückte zwei weitere Knöpfe.

Lucy quetschte ein paar Tränen raus. »Was passiert denn da draußen?«, fragte sie und ließ ihre Stimme dabei zittern.

»Rühr dich nicht vom Fleck!«, rief der Glatzkopf und lief hinter den anderen her.

Sobald sie raus waren, flitzte Lucy los, den langen Gang entlang. Alle Türen standen jetzt einen Spaltbreit offen, so dass Lucy besonders leise sein musste. An manchen Türen hingen Namensschilder. Der Flur zweigte nach links ab. Hastig suchte Lucy die Türschilder nach Fujiis Namen ab. Bei der vorletzten Tür hatte sie Glück. *Haruki Fujii, Captain*, stand auf dem Schild. Bingo!

Lucy schlüpfte in den Raum. Sie brauchte Informationen über den Koffer. Sie sah sich um. Ihr Blick fiel auf das Laptop auf dem Tisch. Was, wenn alle Daten darin waren und das Laptop passwortgeschützt? Ihre Entsperrungskarte funktionierte nur bei Handys! Das ultradünne Laptop sah nagelneu und unbenutzt aus, aber die Gegenstände, die im Regal standen, erinnerten an eine Zeit, in der der Geheimdienst noch andere Methoden gehabt haben musste. So alt wie Fujii selbst! Aktenordner, handbeschriftet! Das passte zu Fujii. In Lucys Bauch kribbelte es vor Aufregung. Konnte es wirklich sein, dass Fujii noch Aktenordner anlegte, während andere Agenten ihre Daten längst nur im Computer hatten? Lucy überflog die Ordnerrücken. *Ms. White, Pinscher-Affäre, Mr. President, Guggenheim Museum.* Ja! *Lucy Longfinger!* Tatsächlich! Lucy zog den Ordner aus dem Regal. Er war etwas schmaler als die anderen. Lucy blätterte einmal schnell durch, und dabei wurde ihr etwas flau im Magen. Wollte sie wirklich lesen, was die über sie schrieben? Da! Auf den letzten Seiten stand etwas über ihren Auftrag und den Koffer! Aber sie hatte keine Zeit. Sie musste die Akte mitnehmen. Lucy nahm den Rucksack ab und stopfte den Ordner hinein. Nichts wie weg hier!

Sie trat gerade in den Hausflur, da kamen drei Agenten zurück ins Haus gelaufen, einer davon war der Glatzkopf.

»Du solltest doch bleiben, wo du bist«, sagte er stirnrunzelnd.

»Ich hab die Toilette gesucht«, sagte Lucy und lächelte den Agenten schüchtern an. »Und? Haben Sie die Männer?« Der Glatzkopf schüttelte den Kopf. »In welche Richtung sind sie denn …«

»Nach links, glaube ich. Oh, Moment, welche Seite ist noch mal links? Ich muss jetzt gehen, meine Eltern machen sich bestimmt schon große Sorgen«, hauchte Lucy. Dann drückte sie sich blitzschnell an dem Agenten vorbei. Die drei Stufen vor dem Eingang nahm sie auf einmal.

»He!«, hörte sie den Agenten von oben rufen. »Bleib stehen! Wir haben noch Fragen an dich!«

Aber Lucy rannte weiter. Es rechnete bestimmt niemand damit, dass sie eine Akte geklaut hatte. Trotzdem hielt Lucy erst an, als sie das Ende des Tunnels erreicht hatte. Sie zog die Lederjacke aus dem Rucksack, machte sich wieder einen Pferdeschwanz und wartete, dass ihr Puls runterging. Gerade als sie in den Maschinenraum trat, öffnete sich die Saaltür, und die ersten Gangster kamen aus dem Raum, darunter ihre Eltern.

»Du warst lange weg!« Ihr Vater runzelte die Stirn.

Lucy hakte sich bei ihm unter. »Ich musste ja auch quer durch Mable Beach. Und jetzt hab ich einen Bärenhunger!«

Nach dem Mittagessen war Zeit für *Gespräch und Austausch* angesetzt, bis zum Ende des heutigen Treffens um 16 Uhr. Für die Gangsterkinder gab es die ersten Wettkämpfe in der Geisterbahn. Während die Eltern zurück in den Saal gingen, versammelten sich die Kinder und ein paar Jugendliche vor der Treppe, die hoch in die Geisterbahn führte. Scarlett mit der schrillen Stimme stand ganz hinten in der Reihe und schaute Lucy böse an. Lucy schnitt ihr eine Grimasse.

»Viel Spaß«, sagte ihr Vater und tätschelte Lucy den Arm. »Können wir uns auf dich verlassen?«

»Klar«, sagte Lucy und grinste. »Ich werde bestimmt alle Wettkämpfe gewinnen.« Als sich die Tür zum Saal hinter den Gangstern geschlossen hatte, setzten sich alle in Bewegung. Lucy blieb zurück und schlüpfte schnell durch die Tür mit der Aufschrift *Garderobe,* lief dort an den zwei anderen Türen vorbei den Gang entlang bis in den kleinen Lagerraum. Dort wartete sie. Vielleicht hatte sie ja Glück! Und tatsächlich hörte sie keine drei Minuten später Schritte und Torres' laute Stimme, die auf jemanden einredete. Die zweite Person sagte nur wenig, aber es war unverkennbar die heisere und launische Stimme des Bosses.

Lucys Herz hämmerte so laut, dass sie meinte, man müsse es auf dem Gang hören. Sie hörte, wie eine Tür geschlossen wurde. Lucy schlich auf Zehenspitzen aus dem Lagerraum bis zu der Tür, hinter der sie Ratto und Torres vermutete. Sie zog das Abhörgerät aus dem Rucksack und setzte es an die Wand.

»Genau«, sagte der Boss. »Hundertsechzig Wagen werden auf die *Seasonal Sea* verladen. Porky weiß Bescheid.« Pause. Er telefonierte anscheinend. Aber wo war Torres?

»Nein. Montagabend. Acht Uhr, Pier sieben.« Dann hörte Lucy nichts mehr. Ratto hatte aufgelegt! Lucy sprintete aus dem Garderobengang raus bis zur Toilette. Dort schloss sie sich ein und atmete ein paarmal tief ein und aus. Eine ganze Fähre voller gestohlener Autos! Das musste sie unbedingt Fujii sagen! Vielleicht würde es reichen, Ratto ins Gefängnis zu bringen! Lucy stopfte das Abhörgerät in ihren Rucksack und schlüpfte aus der Toilette.

Eine Minute später war sie oben in der Geisterbahn. Die Kinder hatten sich in zwei Reihen aufgestellt. Lucy stellte sich als Letzte in eine der Reihen. »Was wird das, Staffellauf?«, fragte sie das Mädchen vor ihr, das geschminkt war, als wäre sie bei einer Misswahl.

»Geldsackschleppen«, antwortete das Mädchen und schaute sich jeden ihrer rot lackierten Fingernägel einzeln an.

»Komische Tussi«, murmelte Lucy.

Nach dem Geldsackspiel, das Lucys Gruppe gewonnen hatte, und einem Messerwurf-Wettbewerb, bei dem sie Zweite geworden war, sollte es noch weitere Spiele geben, aber Lucy schlich sich davon. Sie öffnete vorsichtig die Saaltür und schlüpfte zurück in den Raum. Zum Glück waren die meisten Familien in angeregte Gespräche vertieft, so achtete niemand auf sie.

»Und? Irgendwas gewonnen?«, fragte ihr Vater.

»Klar«, sagte Lucy. »Aber Preise gab es nicht.« Sie rutschte tief in ihren Sitz und beobachtete verstohlen den unheimlichen Boss mit seinem langen tätowierten Kopf. Drei Männer in Anzügen standen um ihn herum. Da war auch immer noch die Biene, schon sichtlich erschöpft zog sie ihre Kreise. Herrje, die hatte sie vorhin völlig vergessen. Lucy sah, wie Ratto sich etwas notierte. Die kleine Biene flog neben seinen Zettel. Ratto sah kurz auf. Dann nahm er den Daumen und zerdrückte die arme Biene einfach auf dem Tisch. Lucy fühlte sich, als habe Ratto sie selbst zerdrückt. Sie ballte die Fäuste unter dem Tisch. So ein fieser Widerling!

Jetzt stand Ratto auf und ging mit den Männern zur Tür. Dabei streifte er Lucy mit einem Blick. *Ich habe dich nicht vergessen, Longfinger*, sagte sein Blick, und Lucy durchfuhr es eiskalt. Dieser Mann war grausam!

Als Ratto den Raum verlassen hatte, stand Lucy auf. Er hatte den Zettel nicht in der Hand gehabt! Lucy tat so, als suche sie etwas, und schlenderte dabei zwischen den Tischreihen umher. Als sie an Rattos Platz kam, sah sie den Zettel neben der zerquetschten kleinen Biene liegen.

»Für die Biene bist du dran!«, knurrte Lucy und ließ den Zettel in ihrer Hand verschwinden.

Als sie wieder bei ihren Eltern saß, warf sie einen Blick darauf. Es war eine Telefonnummer, die Ratto notiert hatte. Er schrieb komisch. Die Schrift kippte mal nach vorne, mal nach hinten, so dass die Zahlen schwer zu lesen waren. Lucy hatte mal gehört, dass Personen mit einer Persönlichkeitsstörung so schrieben. Gestört war Ratto bestimmt! Lucy steckte den Zettel in ihren Rucksack zu der Akte *Lucy Longfinger*. Sie war zufrieden für heute. Sie hatte die Akte und damit Informationen über den Koffer. Und sie hatte die Info über die geplante Verschiffung von 160 gestohlenen Autos. Etwas gegen Ratto, das sie Fujii verraten konnte! Und noch eine Telefonnummer, die wichtig sein konnte. Vielleicht waren das schon die entscheidenden Dinge, um Ratto für immer hinter Gitter zu bringen!

Als ein paar Minuten später ihr Handy plingte und eine Nachricht von Fujii einging, war es vier Uhr und das Treffen fast zu Ende.

18 Uhr Saint Lewis Memorial Hospital, Notaufnahme, Kennwort: Schnittlauchwurstpelle die Siebte. C. F.

Was hatte sich der alte Agent denn da wieder einfallen lassen! Gestern Postamt, heute Krankenhaus! Und die Kennwörter wurden immer schlimmer. Wenn der nicht mal bekloppt war! Ob er schon bemerkt hatte, dass die Akte fehlte? Und ob er von den anderen Agenten wusste, dass ein Mädchen in der Geheimdienstzentrale gewesen war? Wenn, dann würde Fujii beide Vorfälle zusammenbringen! Dann wusste er, dass *sie* die Akte geklaut hatte. Na, und? Sie brauchte schließlich mehr Informationen. Wenn er ihr die nicht gab – selbst schuld!

Kapitel 11

Was für eine Erfindung!

Kaum zu Hause, flitzte Lucy die Treppe hoch in ihr Zimmer, schloss die Tür und zog die Akte aus dem Rucksack. *Lucy Longfinger!* Wow! Sie schlug den Ordner auf und hatte plötzlich wieder dieses komische Gefühl im Bauch. Was, wenn da etwas Blödes über sie drinstand?

Lucy hörte Schritte auf der Treppe, schob die Akte schnell unter ihr Kopfkissen und setzte sich auf ihr Bett.

Ihre Mutter steckte den Kopf durch die Tür. »Alles in Ordnung bei dir? Du bist so schnell hochgerannt!«

»Sonst klopfst du immer an!«, sagte Lucy.

»Stimmt. Entschuldige.«

Lucy merkte, dass sie ziemlich steif auf dem Bett saß. Hoffentlich kam ihrer Mutter das nicht komisch vor. Sie ließ sich nach hinten auf das Bett fallen. »Ich wollte mich nur ein wenig ausruhen.«

»Mach das«, sagte ihre Mutter. »Wir essen heute um sieben, ja?«

Lucy nickte. Gut, da konnte sie erst noch zum Treffpunkt mit Fujii fahren. »Prima«, sagte sie und hob den Daumen hoch. »Aber keine Meerestiere, bitte.«

Kaum war ihre Mutter aus dem Zimmer, zog Lucy die Akte unter dem Kopfkissen hervor. Endlich!

»Lucy!«, hörte sie da ihren Vater rufen. Lucy stöhnte und rollte vom Bett. Die Akte schob sie zurück unter das Kopfkissen.

»Cash muss raus!«, rief ihr Vater. »Und du bist dran!«

Dummerweise stimmte das. Lucy flitzte die Treppe runter, schnappte sich Cash und lief mit ihm einmal zum Park und zurück. Zum Glück machte Cash sofort sein Geschäft.

»Braver Hund«, lobte Lucy ihn.

Zehn Minuten später saß sie auf dem Rad und raste die Straße runter. Um 18 Uhr musste sie unten in der Stadt am *Saint Lewis Memorial Hospital* sein, um Fujii zu treffen.

Verschwitzt und außer Atem erreichte Lucy um Punkt 18 Uhr das Krankenhaus. »In der Notaufnahme! So ein Quatsch«, brummte sie und warf ihr Rad neben den Fahrradständer. Sie nahm die Drehtür in die Eingangshalle des Krankenhauses. Gleich würde sie erfahren, ob Fujii die Akte vermisste. Hoffentlich machte der Agent kein großes Theater deswegen.

Lucy sah das Schild *Notaufnahme* sofort und folgte dem Pfeil. Der Gang weitete sich zu einem Warteraum mit orangen Plastikstühlen und einer Anmeldung. Alle

Stühle waren besetzt, und mindestens zehn Patienten lehnten noch an der Wand, teilweise mit notdürftig verbundenen Wunden. Ärzte und Schwestern wuselten herum. Lucy stellte sich neben die Wartenden und musterte einen Patienten nach dem anderen. Wer von ihnen war Fujii?

Da tippte ihr jemand an die Schulter. Lucy fuhr herum. Es war ein kleiner Mann in weißem Kittel, mit Mundschutz und einer Krankenakte in der Hand. Auf seinem Namensschild stand: Dr. F. Herakoshi. Aus der Brusttasche des Arztkittels schaute eine getönte Brille heraus.

Dr. Herakoshi näselte: »Ich hatte doch gesagt, du sollst nicht hier im Wartezimmer warten, Mädchen, der Mintenga-Virus ist hoch ansteckend!«

Die Leute wichen zurück. Alle hatten gehört, was der Doktor gesagt hatte: hoch ansteckend. Lucy grinste. Der Arzt schob sie in ein Behandlungszimmer. Kaum hatte er die Tür hinter ihnen geschlossen, zog er sich den Mundschutz runter.

»Steht Ihnen gut, der Kittel«, sagte Lucy.

Der Agent zog die Augenbrauen hoch.

»Schnittlauchwurstpelle die Siebte«, knurrte Lucy. So ein Quatsch!

Fujii nickte. Er streckte die Hand aus. »Meine Chipkarte!«

Ups, jetzt kam das Donnerwetter! Lucy hielt Fujii die Karte hin. Der Agent zog sie ihr aus der Hand, sagte aber nichts. Nichts zu ihrem Auftauchen beim Geheimdienst, nichts zur Akte, nichts zum Chipkarten-Klau. Lucy war so erstaunt, dass sie kurz vergaß, was sie Wichtiges zu erzählen hatte. Als sie sich gefasst hatte, sprudelte es umso schneller aus ihr heraus: »Ich habe eine Spur!«

»Gut. Weißt du, wer den Koffer hat?«

Lucy schüttelte den Kopf. »Äh, nein, es ist leider keine Spur zum Koffer. Aber ich weiß von einer großen Sache. Eine ganze Fähre voller gestohlener Autos.«

Fujii runzelte die Stirn.

»Die Fahrzeuge sollen mit der *Seasonal Sea* verschifft werden. Am Montagabend, Pier sieben.«

Fujii sagte noch immer nichts. Lucy wurde unsicher. »Sie gehen dem Hinweis doch nach, oder, Captain?«, fragte sie. *Nicht drängen, Lucy, nicht, dass es zu auffällig ist.*

»Wir haben dich nicht beauftragt, uns solche Informationen zu liefern. Das sollte dir klar sein«, mahnte Fujii. Er sprach leise und schnell.

Lucy nickte. »Klar. Aber diese Spur …« Sie lugte zu Fujiis Brille in der Kitteltasche. Was die wohl alles konnte?

»Weiter«, sagte Fujii. »Eine Spur zu den Stiefeln?«

Lucy schüttelte den Kopf. »Noch nicht, aber ich bin da an was dran.«

Fujii trat ganz nah an sie heran. »Noch mal, junge Dame: Kein Spektakel bei der Rückholung des Koffers. Diskret und unauffällig!«

»Klar.« Lucy lächelte den Agenten zuckersüß an. Mit der rechten Hand machte sie ein Zeichen wie zum Schwur, um Fujii abzulenken, während sie mit der linken Hand blitzschnell seine Brille aus der Kitteltasche fischte.

»Gut.« Fujii entließ sie mit einem Nicken Richtung Tür. »Wir sehen uns morgen.«

Lucy huschte aus der Tür. Zufrieden strich sie über ihre Tasche, in der Fujiis Brille steckte. Bald würde sie wissen, was sie konnte.

Bevor sie auf ihr Rad stieg, sah Lucy auf die Uhr. Viertel nach sechs. Ob sie noch zum Parkour gehen sollte? Gestern hatte sie auch nicht trainiert. Aber Toni kam um acht über die Feuerleiter, und vorher musste sie mit ihren Eltern essen. Nein, Parkour ging nicht mehr. Aber vielleicht konnte sie noch kurz in die Tunnel huschen vor dem Essen.

Doch Lucy war kaum im Flur, da hörte sie ihre Mutter rufen.

»Wo warst du denn, Lucy! Ich hab Weinbergschnecken in Weißweinsoße gemacht!«

»Och nö!«, stöhnte Lucy. Schnecken waren definitiv schlimmer als Muscheln.

Lucy hatte keine einzige Schnecke gegessen. Die Dinger waren viel zu glitschig!

Sie saß in ihrem Zimmer und untersuchte Fujiis Brille. Sie war getönt und hatte einen silbernen Rand, der an einer Stelle etwas breiter wurde. Da war doch Technik drin! Lucy setzte die Brille auf. Sie sah alles etwas dunkler, wie bei einer Sonnenbrille. Ihr Blick fiel auf ihr schwarzes T-Shirt, das über der Stuhllehne hing. Wow! Sie sah die Stuhllehne! Durch das T-Shirt! Lucy nahm die Brille ab – und sah die Lehne nicht mehr. Sie richtete ihren Blick auf ihre Lederjacke. Aber was in der Jackentasche steckte, konnte Lucy nicht sehen. Leder war also zu dick. Genauso wie die Schranktür. Schade! Das wäre cool gewesen, durch Türen zu sehen. Lucy zog die Leinenjacke aus dem Schrank, die ihre Mutter ihr aus Paris mitgebracht hatte und die sie nie im Leben tragen würde. Sie steckte einen Kuli in die Jackentasche und hielt die Jacke weit von sich weg. Yep! Sie sah den Stift durch den Leinenstoff! Diese Brille war cool! Damit konnte sie Rattos Anzugtaschen ausspionieren! Anzüge waren schließlich aus feinem Stoff.

Was war da wohl im Rand der Spezialbrille versteckt? Ein Röntgenstrahlenchip? Ein Magnetresonanzfeldsender? Wenn sie keine Longfinger gewesen wäre, hätte sie Forscherin für physikalische Spezialsubstanzen werden können. Auch megaspannend. Lucy steckte Fujiis Röntgenbrille in den Rucksack. Die würde ihr gute Dienste leisten.

Sie fütterte die Mäuse und ließ sie im Zimmer herumlaufen. Dann legte sie ihnen ein Stück Käse hin. Alle knabberten fleißig drauflos. Lucy tauschte das Käsestück gegen ein Stück Seil aus, das sie mit dem

Käse abgerieben hatte. Die Mäuse knabberten an dem Seil. Lucy war zufrieden. Sie dachte sich immer wieder neue Tricks aus. Ihr neuster war *Alarm schlagen,* und er klappte schon ganz gut. Al Capone und die anderen passten an der Tür auf, ob sich jemand Lucys Zimmer näherte, und fiepten dann wie verrückt. Die Mäuse waren echt begabt!

Lucy warf einen Blick auf die Uhr. Toni kam erst in zwanzig Minuten, da konnte sie mit Cash noch einmal *Sirene* üben. *Toter Hund* war inzwischen ein Kinderspiel für ihn, aber bei *Sirene,* wo er eine Polizeisirene nachmachen sollte, heulte er meistens wie ein Wolf mit Bauchschmerzen. Heute auch wieder. Vielleicht war sie selbst auch nicht konzentriert genug. Cash spürte das immer.

»Schon gut, Großer«, sagte Lucy und streichelte ihm über den Kopf. »Nächstes Mal klappt's besser.«

Cash stupste sie mit der Schnauze an. Um zwei Minuten vor acht schloss Lucy ihre Zimmertür ab und schaltete den Alarm aus. Es war noch hell draußen. Hoffentlich kam Sonnenschein-Toni wenigstens pünktlich. Er machte nicht gerade den Eindruck, als lebe er nach der Uhr. Aber um Punkt acht erschien draußen Tonis dunkler Lockenkopf. Lucy riss das Fenster auf. »Jetzt hör mal gut zu. Die Termine mach ich, nicht du! Klar?«

»Darf ich erst mal reinkommen?« Tonis Gesicht verriet, dass er schnellstens von der Feuerleiter runterwollte.

Lucy trat zur Seite, und Toni kletterte so unsicher über das Fensterbrett, dass Lucy nach seinem Arm griff.

Als er endlich im Zimmer stand, klatschte Toni in die Hände. »Okay, du bist der Boss. Wo fangen wir an?«

Lucy gab sich einen Ruck. Sie hatte Toni gestern alles erzählt. Klar, dass er dachte, er sei dabei. Sie zog die Akte unter ihrem Kopfkissen hervor und legte sie auf den Schreibtisch.

»Wow«, rief Toni und griff nach der Akte. »Du hast wirklich …«

Lucy nahm ihm die Akte aus der Hand. »Nicht so laut!«

Sie ließ sich auf ihren Stuhl fallen. Toni zog sich den kleinen Hocker neben Lucys Stuhl. »Erzähl!« Er stupste Lucy an, wibbelte mit den Beinen, und seine Augen glänzten. Lucy seufzte. Toni wäre echt ein schlechter Gangster. Er verriet immer seine Gefühle. Es war ein Risiko, ihn einzuweihen. Sie seufzte noch einmal.

»Komm schon«, quengelte Toni, »lass dir doch nicht alles aus der Nase ziehen! Wie bist du reingekommen? Wie sieht's da aus in der Geheimdienstzentrale? Ich will alles wissen, alles!« Er grinste. »Wenn du mir nicht sofort alles sagst … dann schrei ich ganz laut.«

Lucy grinste zurück. »Glaub ich dir gerne. Aber dann sperrt mein Vater dich lebenslang in den Kerker.«

Und mich auch, fügte sie in Gedanken hinzu, und das Grinsen verging ihr.

»Ja, ja, schon gut«, sagte Toni. »Jetzt erzähl schon.«

»Nö. Mein Geheimnis, wie ich reingekommen bin. Aber hier ist sie, die Akte *Lucy Longfinger.*«

»Darf ich?« Toni strich über den Ordnerrücken. »Da steht echt *Lucy Longfinger* drauf. Ich glaub's nicht.«

»Meine Akte stand zwischen *Mr. President* und *Guggenheim Museum*! Kannst du dir das vorstellen?«

Toni schüttelte den Kopf. »O Mann, ich hab eine Freundin mit einer Akte beim Geheimdienst! Das muss ein Traum sein! Kneif mich mal!«

Freundin? Der kapierte es echt nicht!

»Ich hab selbst noch nicht reingeschaut«, knurrte Lucy. Sollte sie die Akte wirklich mit Toni lesen? Aber er wusste ja eh schon alles.

»Also gut.« Sie schlug den Ordner auf. »Ein Steckbrief von mir.« *Etwas abstehende Ohren* las sie. Frechheit! Lucy blätterte weiter. »Steht nichts Besonderes drin!«

»Nicht so schnell!« Toni zog den Hocker näher an Lucys Stuhl. Lucy rückte ein Stück weg.

Toni prustete los. »Duscht selten! Stimmt das?«

»Quatsch!«, sagte Lucy. Sie wollte umblättern, aber Toni legte seine Hand auf die Seite.

»Hast du das gelesen? *Keine Freunde, Einzelgängerin, kann sich nicht anpassen.* Da haben sie wirklich recht.«

»Blödsinn!« Klar, sie war eine Einzelgängerin, aber sie konnte sich anpassen, wenn sie wollte. Sie wollte nur nicht. Lucy schob Tonis Hand weg. »Ich darf keine Freunde haben.«

»Weiß ich doch. Das sagt euer Kodex. Aber was willst *du* eigentlich?«

Lucy starrte auf die Akte.

»Vielleicht«, murmelte sie.

»Vielleicht was?«, hakte Toni nach.

Lucy zuckte mit den Schultern. Sie brauchte nicht darüber nachdenken, was sie wollte. Es war so, wie der Kodex vorgab.

»Vielleicht will ich gar keine Freunde«, sagte sie.

»Vielleicht willst du aber auch welche«, sagte Toni.

»Nö.« Sie brauchte keine Freunde. Und bisher hatte sie sich auch nicht viele Gedanken darüber gemacht. Bis Toni Sonnenschein aufgetaucht war und ständig nachfragte. Nervig! Lucy blätterte weiter. Da stand etwas über ihre *Stärken*.

»Ha«, sagte sie triumphierend. »Hör dir das mal an. *Schlau, schnell, geschickt, tough, optimistisch, schlagfertig, entscheidet zügig*. Noch Fragen?«

»Tja, hier bei *Schwächen* steht aber: *Von sich eingenommen, verträgt keine Kritik!*« Toni zwinkerte Lucy zu.

Lucy blitzte ihn an. »Sollen wir mal überlegen, was *du* alles nicht verträgst?«

»Och, so einiges.« Toni grinste. »Aber unter Freunden nimmt man halt Rücksicht. Auch auf die Macken der anderen.«

Lucy zog die Augenbrauen hoch. *Rücksicht?* Konnte ein Gangster sich nicht erlauben!

»Jetzt aber zum Koffer«, sagte sie. »Das ist schließlich das, was uns interessiert. Nicht, was über *mich* in der Akte steht.«

Energisch zog sie die Akte zu sich rüber und blätterte weiter. Toni kam mit seinem Kopf wieder ganz nah.

»Sag mal, siehst du schlecht?«, fragte Lucy.

»Nö, wieso?«, fragte Toni.

Lucy rückte wieder ein Stückchen weg.

Wozu brauchte der Geheimdienst so komische Informationen über sie! Dass sie ein zufriedenes Baby gewesen war, aber nie einen Kindergarten besucht hatte. Dass sie im Bus nie Platz machte, es sei denn, jemand war uralt. Dass ihr Hund und ihre Mäuse ein Freunde-Ersatz waren. *Freunde-Ersatz*, die hatten sie doch nicht alle! Lucy blätterte schnell weiter. Kopien ihrer Zeugnisse! Und Infos über ihre Auftritte mit Tricks und Karten in der Grundschule. Lucy blätterte weiter.

»Hier kommt es«, sagte sie, erleichtert, nichts Persönliches mehr über sich lesen zu müssen. »Erster Auftrag für den Geheimdienst. Nr. LL180619. Der silberne Koffer mit der Maske.«

»Maske?«, fragte Toni sofort.

»Lies doch selbst«, sagte Lucy ungeduldig. *Zuständiger Agent: Captain Haruki Fujii.*

»Haruki«, lachte Toni. »Hört sich an wie hau ruck!«

Lucy musste auch lachen. *Hau ruck* passte zu dem kleinen drahtigen Agenten. Sie überflogen den Text.

»Megacool!« Toni stieß Lucy an.

»Wow!«, sagte Lucy. Deshalb brauchte der Geheimdienst den Koffer unbedingt zurück! Er enthielt eine unglaubliche Erfindung! Eine High-Tech-Maske, die jedes Gesicht formen konnte! Ein Tropfen Blut einer Person wurde einfach auf einen Miniscanner an der Maske geträufelt, und schon nahm die Maske das Gesicht der Person an! Was hatte Fujii gesagt? *Der Koffer enthält Forschungsergebnisse eines skrupellosen Wissenschaftlers.* Forschungsergebnisse? Das war aber eine komische Beschreibung der Maske!

Lucy grinste. »Was meinst du, wie viele Gangster das Ding haben wollen! Damit kann man als Museumsdirektor getarnt eine ganze Ausstellung plündern oder als Bankdirektor den Tresor, ohne dass jemand Verdacht schöpft.«

»In deiner Verbrecherwelt!« Toni rümpfte die Nase und schaute Lucy so vorwurfsvoll an, dass Lucy lachen musste.

Sie blätterte um. Da war endlich ein Foto dieser Super-Maske! Sie war aus braunem Gewebe, das Lucy an die Feinstrumpfhosen ihrer Mutter erinnerte. Aber durch das Gewebe zogen sich feine silberne Streifen – wie kleine Adern. Und an einer Stelle war ein kleines schwarzes Rechteck.

»Das muss der Blutscanner sein«, flüsterte sie und fuhr mit der Hand über das Foto, als könne sie das Gewebe fühlen. Wie sollte aus diesem Stoff ein richtiges Gesicht werden? Lucy blätterte weiter, aber leider gab es kein Bild, wie die Maske aussah, wenn sie *benutzt* wurde. Es folgte noch ein Foto der Stiefel, der einzigen Spur zum Koffer. Die Stiefel, die auch ihr Vater getragen hatte. Die sie versteckt hatte. Lucy schluckte und klappte die Akte zu. »Das war's«, sagte sie.

»Dass es so was gibt!«, rief Toni. »Krass! Wenn *ich* die Maske hätte, dann könnte ich als mein Mathelehrer ins Lehrerzimmer gehen und mir eine gute Note eintragen. Und stell dir mal vor, wie cool es wäre, wenn es so was für den ganzen Körper gäbe! Megakrass!«

Toni klatschte eifrig in die Hände. »Jetzt wissen wir endlich, was im Koffer ist! Jetzt können wir …«

Lucy schüttelte den Kopf. »Gar nichts können wir jetzt. Du wirst jetzt gehen.«

Toni zog eine Schnute. »Och, Mensch. Gerade, wo's spannend wird!« Sein Gesicht sah so lustig aus, dass Lucy fast gelacht hätte.

»Jetzt können wir eh nichts machen«, sagte sie stattdessen streng.

Ein mulmiges Gefühl regte sich in ihrem Bauch. Sie hatte etwas zugelassen, was sie nicht durfte. Ihre Eltern hatten es ihr pausenlos eingetrichtert. Wenn jemand ihre Schwächen kannte, konnte er das ausnutzen! Aber Toni Sonnenschein tat so, als sei es völlig normal, dass man sich alles erzählte.

»Okay, ich mach mich auf den Weg«, sagte er. »Könnte ich morgen Abend wiederkommen, Boss?« Er zwinkerte Lucy zu. »Natürlich nur, wenn ich irgendwie helfen konnte.«

»Helfen? Akte lesen hätte ich auch alleine geschafft!« Lucy streckte Toni die Zunge raus. Sie schaltete den

Alarm aus und öffnete das Fenster. Eigentlich war es ganz lustig gewesen mit Toni Sonnenschein. Aber das würde sie ihm natürlich niemals verraten!

»Raus mit dir«, sagte sie. »Morgen Abend um acht. Aber kein Wort über die Maske und über mich. Zu niemandem!«

Toni strahlte. »Gangsterehrenwort!«

Er stieg wieder so umständlich über das Fensterbrett, dass Lucy den Kopf schüttelte. »Als Einbrecher taugst du auch nichts.«

Toni ignorierte sie und kletterte vorsichtig runter. Lucy wollte gerade das Fenster schließen, da blieb Toni stehen. »Die Maske ist eine irre Erfindung. Aber was machen wir jetzt bloß mit deinem Ultimatum? Das ist doch viel wichtiger als der Koffer! Da reden wir morgen drüber, ja?«

Lucy nickte und schloss schnell das Fenster. Toni hatte *wir* gesagt. Und das fühlte sich gar nicht so schlecht an. Aber das Ultimatum war ihre Sache. Das musste sie alleine regeln.

KAPITEL 12

Toni – kenn ich nicht!

Als der Wecker klingelte, dachte Lucy zum ersten Mal seit Tagen nicht an Ratto, sondern daran, wie umständlich Toni über das Fensterbrett geklettert war. Sie grinste. Aber plötzlich durchfuhr es sie eiskalt. Das Ultimatum! Nur noch vier Tage! Nein, sie ließ sich jetzt nicht den Tag verderben, auf den sie sich so gefreut hatte! Heute war erst ab Mittag Gangstertreffen. Ihre Mutter hatte Lucy gebeten, sie zu einem Termin am Hafen zu begleiten. Danach wollte sie mit Lucy etwas unternehmen! Lucy hatte sich extra den Wecker gestellt.

In der Küche nahm Lucy sich ein Knäckebrot und spähte grimmig in die Dose. Ein Tag weniger, ein Knäckebrot weniger.

»Wir brauchen Knäckebrot«, sagte sie zu ihrer Mutter.

Um halb zehn waren sie unten am Hafen. Lucys Mutter parkte den Lieferwagen im Halteverbot.

»Mama«, ermahnte Lucy sie. »Du kannst es dir nicht leisten, durch Falschparken aufzufallen.«

»Aber schau doch mal, wie die hier parken«, schnaubte ihre Mutter. »Der da nimmt zwei Plätze ein.« Sie fuhr wieder los. Am Ende der Hafenstraße quetschte sie sich in eine Lücke und legte die Parkscheibe raus.

»So.« Sie lächelte Lucy an. »Dank meiner umsichtigen Tochter bekomme ich jetzt keinen Ärger mit der Polizei – den können wir wirklich nicht gebrauchen.«

»Gern geschehen.« Lucy grinste.

»Wir treffen uns mit einem Zwischenhändler namens Groove vor unserem Container«, sagte ihre Mutter und stürmte los wie eine Hundert-Meter-Läuferin. »Komm schon. Wir sind spät dran. Du sagst besser nichts. Und wundere dich nicht, für ihn bin ich Mrs. Cripston.«

»Klar.« Lucy eilte hinter ihr her. *Groove* war mit Sicherheit auch nicht sein richtiger Name.

Riesige Containerschiffe lagen unter weit auskragenden Kränen auf dem Wasser. Auf dem rissigen Betonpier reihten sich blaue, gelbe und rote Container aneinander. Lucys Eltern mieteten ständig einen anderen unter wechselnden Namen. Eine Zeitlang hatte Lucy jede Nacht den gleichen Albtraum gehabt: Wie sie alleine in einem dieser Container gefangen gehalten wurde. Gruselig war das gewesen!

In der dritten Reihe blieb ihre Mutter vor einem blauen Container mit der Aufschrift *Treptow Cargo* stehen. »Hier ist unserer.«

Sie holte den Schlüssel raus und sah sich um. Lucy fühlte sich unwohl. Sie ging nicht gerne zu solchen

Terminen mit. Aber ihre Eltern wollten sie natürlich vorbereiten. Irgendwann würde Lucy die Geschäfte der Familie weiterführen.

Sie warteten zwei Minuten, dann kam ein kleiner Mann im dunkelblauen Anzug, der über seinem dicken Bauch spannte. Wenigstens würden sie den locker abhängen, wenn sie fliehen müssten.

»Zuerst die Fluchtmöglichkeiten überdenken«, hörte Lucy in Gedanken ihren Vater sagen. Die Longfingers vermieden so gut es ging direkte Konfrontationen. Im Kodex lautete der erste Punkt: *Ein Longfinger krümmt niemandem ein Haar!* Und in Punkt 3 hieß es: *Mach es wie die Schabe: Ergreife immer die Flucht!*

Der Zwischenhändler streckte ihnen eine Wurstfinger-Hand entgegen. »Mrs. Cripston, hallo. Ihre Tochter?« Er hatte gierige Augen, die schon auf die Containertür stierten. Lucys Mutter nahm seine Hand nicht. »Meine Zeit ist knapp, Mr. Groove. Bitte werfen Sie einen Blick auf die Ware.« Sie schloss die Tür auf, und der Mann verschwand im Container. Lucy lugte hinein. An der linken Seitenwand zeichneten sich große Leinwände unter einem weißen Laken ab.

»Nur drei?«, fragte Lucy. Ihre Mutter nickte. Sie sah sich aufmerksam nach allen Seiten um. Der dicke Mann hob im Container das Laken an und leuchtete Bild für Bild mit einer Taschenlampe ab. Ein paar Stellen betrachtete er mit der Lupe.

Endlich war er fertig und kam aus dem Container.

»Die Ware scheint in Ordnung zu sein.« Er zog einen Umschlag aus der Innentasche seiner Anzugsjacke. »Zwölf Riesen.«

Lucys Mutter zählte nach und überprüfte mit einem Prüfstift das Wasserzeichen der Scheine. »Stimmt.« Sie gab dem Mann den Containerschlüssel. Während er abschloss, waren Lucy und ihre Mutter schon auf dem Weg zum Auto.

»Das waren Bilder von Fairclufter«, sagte ihre Mutter, als sie rückwärts ausparkte.

Lucy kannte Fairclufter. Er hatte eine Riesenvilla mit drei Pools in den Bergen von Los Angeles und war für sein verschwenderisches Leben bekannt. Ein Kunstsammler. Na ja, jetzt hatte er ein paar Bilder weniger.

»Sind zwölf Riesen nicht etwas wenig? Das waren doch bestimmt super wertvolle Bilder«, sagte Lucy. Zwölf Riesen, das waren zwölf Tausender-Scheine. Viel Geld, aber nicht für so wertvolle Bilder.

Ihre Mutter zuckte mit den Schultern. »Ja, aber für uns reicht es. Und ich freu mich, dass dieser Fairclufter seine Bilder verloren hat. Er hat einen Privatjet, mit dem er ständig in den Bergen herumfliegt. Und eine Riesenyacht, die die Meere verschmutzt.«

Sie fuhr aus dem Hafengebiet heraus. Als sie an der nächsten Ampel standen, sagte sie: »So. Wir haben Geld verdient und den großkotzigen Fairclufter geärgert. Darauf möchte ich jetzt mit dir einen riesigen Eisbecher essen gehen!«

Eis essen gehen? Hoffentlich wollte sie nicht zur Eisdiele *Morelli*!

»Okay«, sagte Lucy. »Lass uns zu *Starfish Ice* gehen.« Aber ihre Mutter bog auf die Pacific Avenue ab.

O nein, dachte Lucy.

»*Starfish Ice* schmeckt doch künstlich«, sagte ihre Mutter und hielt mit quietschenden Reifen, weil sie eine Parklücke erspäht hatte. Keine fünfzig Meter von der Eisdiele *Morelli* entfernt!

»Nein, jetzt schmeckt's besser bei *Starfish Ice.* Der Besitzer hat gewechselt«, sagte Lucy schnell.

»Ich will aber zu *Morelli,* da war ich mit deinem Dad mal vor einem Jahr. Wir haben ja nie viel Zeit. Das Eis war ein Traum! Ich hatte einen Karamell-Sahnebonbon-Becher. Den Geschmack hab ich heute noch im Mund!« Sie schmatzte genüsslich. »Und da wechselt auch nicht ständig der Besitzer, das ist nämlich ein Familienunternehmen. Und Familienunternehmen sollte man immer unterstützen.«

Lucy stöhnte. »Ich hab gar keinen Hunger.«

Ihre Mutter lachte. »Auf Eis hat man auch keinen Hunger, sondern Appetit.« Sie schlug die Fahrertür zu und kam zu Lucys Seite. »Wieso bleibst du sitzen? Jetzt komm schon!« Sie lachte und zog an Lucys Arm. Lucy hielt dagegen. »Nein, lass uns lieber morgen …«

»Lucy, ich hab mich so darauf gefreut!« Ihre Mutter bekam die Ärgerfalte zwischen den Augenbrauen. Oje!

Vielleicht war Toni ja gar nicht da? Es war noch früh,

gerade kurz nach zehn. Vielleicht hatte die Eisdiele noch geschlossen.

»Die haben bestimmt noch geschlossen!«

Ihre Mutter strahlte. »Nein, schau mal, gerade machen sie auf.«

Lucy sah, wie Mr. Morelli den Fahrradständer zurechtrückte. Aber schließlich waren Ferien, und da schlief Toni bestimmt lange. Er hatte schließlich keine morgendlichen Geschäftstermine.

Hin und her gerissen ließ Lucy sich mitschleifen. Sie unternahm so wenig mit ihrer Mutter im Moment. Aber wenn Toni da war …? Lucy seufzte. Vielleicht hatte sie einfach Glück.

»Guten Morgen.« Ihre Mutter strahlte Mr. Morelli an, als sie Lucy in die Eisdiele schob. Lucy sah sich mit gesenktem Kopf um und atmete erleichtert auf. Puh, kein Sonnenschein-Toni weit und breit.

»Machen Sie immer so früh auf?«, fragte ihre Mutter. Mr. Morelli lachte. Lucy wusste ohne hinzusehen, dass seine dunklen Augen dabei aufblitzten, so wie sie das bei Toni immer taten.

»Morgenstund hat Eis im Mund.« Er lachte. »Wir machen immer um zehn auf, früher als die anderen. Möchten Sie einen Espresso?« Mr. Morelli zwinkerte ihnen zu. Genau wie Toni! Quasseln und zwinkern!

»Gerne«, nickte Lucys Mutter. »Und wir wollen einen großen Eisbecher, auch wenn es erst zehn ist.«

Mr. Morelli zeigte auf einen Tisch. »Bitte. Ich komme

gleich«, sagte er und band sich seine Schürze um. Lucy zog ihre Mutter zu einem Tisch direkt neben der Eingangstür. Sie wollte schnell bestellen, schnell essen und schnell wieder verschwinden.

»Ich weiß schon, was ich nehme«, sagte sie.

Ihre Mutter nahm die Eiskarte. Sie blätterte vor und zurück und klappte dann die Karte zu. »Ich will wieder den Karamell-Sahnebonbon-Becher.« Sie winkte Mr. Morelli, der sofort herbeieilte.

»Mango mit Chili, bitte. Zwei Kugeln«, sagte Lucy. Zwei waren schneller aufgegessen als drei.

»Mango mit Chili?« Ihre Mutter schüttelte den Kopf.

»Das nehmen nur wenige«, sagte Mr. Morelli und strahlte. Dann runzelte er die Stirn. »Warte mal. Warst du nicht schon mal hier und kennst unseren Toni? Er liebt Mango mit Chili! In Italien sagt man übrigens …«

»Nein«, sagte Lucy.

»Nein?«, fragte Mr. Morelli.

»Nein, ich kenne keinen Toni«, sagte Lucy.

Ihre Mutter lächelte Mr. Morelli an. »Für mich bitte den Karamell-Sahnebonbon-Becher.«

»Kommt sofort.« Mr. Morelli zwinkerte ihnen zu. Wie Toni. Lucy schielte zur Tür. *Entspann dich, Lucy. Toni ist nicht hier.*

Ihre Mutter erzählte von dem Töpferkurs gestern. »Ich hab mir überlegt, so eine Töpferscheibe zu kaufen«, schwärmte sie. »Das ist super zum Entspannen.«

»Na ja«, meinte Lucy.

»Was hältst du eigentlich von Mr. Groove?«, fragte ihre Mutter. »Es ist wichtig, dass du lernst, Geschäftspartner einzuschätzen. Schließlich wirst du irgendwann die Geschäfte übernehmen.«

»Er hat kurze Beine, einen dicken Bauch und kann nicht schnell laufen«, sagte Lucy. »Und er ist gierig.«

Ihre Mutter nickte. »Stimmt. In unserem Geschäft sind die meisten …«

Sie verstummte, weil Mr. Morelli den Espresso und die Eisbecher brachte.

»Das sieht ja gut aus«, schwärmte Lucys Mutter. Sie nahm ihren langen Eislöffel und steckte ihn in Lucys Eisbecher.

»He!« Lucy zog ihr Eis weg.

»Komm schon«, bettelte ihre Mutter. »Nur einmal probieren. Mr. Morelli meinte doch, das nehmen nur wenige. Wie kommt er bloß drauf, dass du seinen Sohn kennst?« Sie schüttelte den Kopf. »Oder seid ihr zusammen in der Schule …«

»Nein«, sagte Lucy schnell. Das stimmte wenigstens.

Ihre Mutter verzog das Gesicht. »Uhh, nee! Mango und Chili, das passt nicht zusammen!«

Lucy grinste. »Doch! Himmlisch!« Aber sie konnte es nicht genießen. Sie war viel zu angespannt wegen Toni.

»Willst du mal von meinem probieren?«, fragte ihre Mutter.

Lucy schüttelte den Kopf. »Du isst ganz schön langsam!«, sagte sie. »Guck mal, ich bin schon fast …«

»Hey!«, rief da eine fröhliche Stimme. Lucy zuckte zusammen. Mist! Sie starrte auf ihr Eis. Am besten gar nicht reagieren.

Aber Toni stand schon strahlend neben ihnen. »Mensch, dass du so früh schon hier bist … ich wusste ja gar nicht … deine Mutter? Das sieht man!«

Ihre Mutter sah Lucy fragend an. Lucy blitzte Toni an. Tonis Strahlen wich einem erstaunten Ausdruck. Lucy verdrehte die Augen. Ihm war einfach nicht klar, wie ernst die Sache mit dem Kodex war. Dabei hatte sie es ihm hundert Mal erklärt!

»Was hast du denn? Habe ich was Falsches …?«

»Hör mal, anscheinend verwechselst du mich mit jemandem. Ich hab dich noch nie gesehen!« Lucy sah Toni eindringlich an. *Geh schon!*

Toni holte tief Luft. »Aha«, nickte er. »Noch nie gesehen! Na schön!«

Er drehte sich auf dem Absatz um und stapfte davon. Lucy zuckte mit den Schultern. »Keine Ahnung, was das sollte! Vielleicht hat er mich hier mal gesehen, aber das heißt doch nicht, dass ich ihn *kenne*!«

Wortlos aß ihre Mutter die letzten Löffel von ihrem Eisbecher.

Lucy stand auf. »Können wir gehen, Mama?«

Ihre Mutter nickte. Sie hatte noch immer diesen misstrauischen Blick, den Lucy so gut kannte. Als sie an der Theke vorbeigingen, schaute Toni nicht von dem Eisbecher auf, den er zubereitete. Jetzt machte er auch noch auf beleidigte Leberwurst! Und dabei war *er* doch derjenige, der so schwer von Begriff war!

»Das nächste Mal gehen wir zu *Starfish Ice,* da ist die Bedienung nicht so überdreht«, sagte Lucy laut.

Grimmig stieg sie ins Auto. Sie hatte sich so auf den Vormittag mit ihrer Mutter gefreut.

Kapitel 13

Eine Lady mit Schnurrbart

»Ratto lässt sich für heute entschuldigen«, sagte Torres bei der Eröffnung des Gangstertreffens um ein Uhr mittags. Lucy saß zwischen ihren Eltern. Ihre Laune war im Keller. Wieso hatte ihre Mutter ausgerechnet zu *Morelli* gehen wollen? Jetzt war Toni enttäuscht, und ihre Mutter misstrauisch. Lucy seufzte.

»Dafür lässt das heutige Kuchenbüfett keine Wünsche offen. Mit besten Grüßen vom Boss«, sagte Torres gerade.

Lucy lehnte sich zurück. Sie hörte nicht weiter zu, was Torres für heute ankündigte. Toni hätte ja auch einfach mitspielen können! Er wusste doch, dass sie keine Freunde haben durfte! Warum hatte er nicht einfach gesagt: »Ach, stimmt, da hab ich dich verwechselt, sorry!« Und schon wär's gut gewesen. Okay, dass sie nächstes Mal besser zu *Starfish Ice* gingen, das hätte sie sich verkneifen können. Aber es hatte sie halt aufgeregt, dass er die beleidigte Leberwurst spielen musste. Lucy seufzte noch tiefer. Ihre Eltern schauten sie an.

»Das war aber ein Seufzer. Langweilig?«, fragte ihr Vater.

Lucy nickte. »Totlangweilig.« *Und ich ärgere mich schwarz über Toni Leberwurst.* Aber das sagte sie natürlich nicht.

»Morgen ist es sicher besser«, sagte ihre Mutter. »Da gibt es bestimmt ein paar Vorträge weniger und dafür mehr Spiele!«

Ihr Vater beugte sich zu Lucy. »Heute Abend mach ich uns was Leckeres zu essen, kein vornehmes Kriechgetier«, flüsterte er.

Lucy musste lächeln. Ihr Vater war immer so optimistisch. Sie doch eigentlich auch. Seit wann ließ sie sich so hängen? Sie hatte nur noch vier Tage, um ihre Eltern zu retten! Die Sache mit Toni war schließlich nicht ihre größte Sorge! Lucy setzte sich gerade hin und ballte die Fäuste. Heute würde sie etwas finden, so wahr sie Lucy Longfinger hieß! Die Stiefel und ordentliche Beweise für Rattos kriminelle Machenschaften!

»Wer ist das und worum geht es?«, fragte Lucy und zeigte nach vorn zum Rednerpult. Sie musste aufmerksam und an allem interessiert sein.

»Wo bist du denn heute mit deinen Gedanken?«, fragte ihr Vater.

Lucy zuckte mit den Schultern.

»Torres hat ihn eben vorgestellt. Das ist Dr. Salvatore Masso. Du müsstest schon mal von ihm gehört haben. Einer der erfolgreichsten Anwälte Kaliforniens. Arbeitet für Ratto und boxt ihn aus allem raus. Er wird das große Bauprojekt vorstellen, das Ratto plant.«

Masso sah aus wie ein aalglatter Typ. Er war groß und schlank, trug einen eleganten Anzug und strich sich häufig die Haare zurück. Seine Bewegungen und seine Miene waren arrogant und überheblich. Fragen der Zuhörer überhörte er einfach. Lucy zog Fujiis Brille aus der Tasche.

Ihr Vater stieß Lucy an. »Seit wann trägst du eine Brille?«

»Nur eine Spielerei«, winkte Lucy ab. Als sie auf die Anzugjacke des Anwalts schaute, zuckte sie zusammen. Er hatte eine Pistole in der Tasche! Die Brille war wirklich gut.

Lucy war froh, als der Anwalt fertig war. Alle klatschten, und Torres stand auf. Neben Masso wirkte die kleine Mexikanerin noch kleiner.

»Das Kuchenbüfett im Saal gegenüber ist eröffnet«, verkündete sie.

Lucy hatte niemals ein größeres Kuchenbüfett gesehen. Es war auf einer der langen Tischreihen angerichtet.

»Typisch Ratto«, sagte Lucys Mutter verächtlich. »Er muss es immer übertreiben.«

»Dabei isst er doch selbst gar nichts Süßes«, wunderte sich Lucy.

»Woher weißt du das denn?«, fragte ihr Vater und zog die Augenbrauen hoch.

»Ich hab mich halt informiert«, antwortete Lucy möglichst cool. »Was nimmst du, Himbeertorte?«

Zum Glück fragte ihr Vater nicht weiter. »Das sind mindestens dreißig Torten. Wie soll ich mich da entscheiden«, erwiderte er.

Lucy grinste. Sie konnte sich immer schnell entscheiden. Sie nahm die Schokoladentorte, die fast nur aus Schokocreme zu bestehen schien.

Am Büfett stand Torres neben Masso. Lucy senkte den Blick – und verschluckte sich fast, als sie auf Torres' Schuhe schaute. Die Lasso-Lady trug die Stiefel! Lucy musste husten.

Ihr Vater klopfte ihr den Rücken. »Na, na, nicht so hastig.«

Lucy nahm einen Schluck Kakao. Mann, was hatte sie ein Glück heute! Sie beäugte Torres' Stiefel genauer. Ja, es waren die richtigen. Die gleichen, die ihr Vater hatte.

In diesem Moment rief ihr Vater: »Das gibt's doch nicht! Das sind doch meine Stiefel, guck mal, Geraldine!«

»Schrei doch nicht so«, sagte Lucy.

Ihre Mutter sagte: »Deine sind's bestimmt nicht! Es sind höchstens die gleichen.«

»Ich will sie wieder! Die waren aus Mexiko und so bequem«, jammerte ihr Vater. »Ist doch komisch, ich hab noch nie solche Stiefel hier gesehen!«

»Sie hat sie halt auch da gekauft.« Lucy zuckte mit den Schultern. »Sie ist schließlich Mexikanerin.« Innerlich war sie nicht so entspannt. Torres trug die Stiefel vom Foto! War sie die Diebin der Maske? Und wenn ja, was hatte sie damit vor? Wow! Endlich eine Spur!

Lucy zog ihr Handy aus der Tasche. Das musste sie Toni erzählen. *Quatsch, Lucy!* Sie steckte das Handy wieder ein. Seit wann erzählte sie jemandem etwas? Sie musste herausfinden, was Torres plante. Sie verfolgen und die Maske klauen! Ganz einfach.

»Wie geht's jetzt hier weiter?«, fragte sie.

»Pokern«, sagte ihr Vater.

»Das ist nichts für dich, Lucy«, sagte ihre Mutter. »Willst du schon heimgehen?«

»Och, mal sehen. Ist doch eigentlich ganz interessant, oder?« Sie musste an Torres rankommen, ohne dass ihre Eltern misstrauisch wurden. »Ich bleib erst mal da«, sagte Lucy.

Als der Gong ertönte, rieb ihr Vater sich den Bauch. »Nach dem Gangstertreffen habe ich vier Pfund zugenommen.«

Ihre Mutter lachte.

»Ich komm nach«, sagte Lucy, als sie sah, dass Torres den Raum verließ. »Ich geh erst noch mal aufs Klo.«

Ihre Mutter sagte: »Punkt 22. Ein Longfinger benutzt niemals …«

»… ein Klo ohne Fenster.« Lucy verdrehte die Augen. »Ich weiß. Aber was bitte soll ich hier unten machen?« Der Kodex war echt nervig.

»Genau«, sagte ihr Vater. »Und du warst doch gestern auch dort, oder?«

Ihre Mutter hob das Kinn und stolzierte davon. Lucys Vater zuckte mit den Schultern und ging hinterher.

Lucy setzte Fujiis Spezial-Brille auf. Sie sah sich um. Da hinten war Torres. Die Mexikanerin wurde von einer Frau angesprochen. Lucy ging so nah ran, wie sie es wagen konnte, ohne aufzufallen. Torres trug ein Jeanshemd mit Taschen. Wenn sie Glück hatte … der Stoff des Hemdes war auf jeden Fall dünner als ihre Jeans. Die rechte Jackentasche war leer, die Brusttasche auch. Mist! Lucy ging in weitem Bogen um Torres und die Frau herum. Gut, dass der Vorraum gerade voller Gangster war, da alle sich auf den Weg zum Pokern machten. Bingo! In Torres' linker Jackentasche steckte etwas. Ein zusammengefaltetes Papier? Lucy trat hinter eine Gruppe anderer Gangster. Kurz huschte sie an Torres' Seite und griff blitzschnell in die Jackentasche der Mexikanerin.

Mit dem Papier in der Hand ließ sie sich unauffällig zurückfallen und lief dann zur Toilette. Sie schloss sich ein und warf einen Blick auf ihre Beute. Es war ein gefalteter Werbezettel für eine Ausstellung in der *Bank of America.* Die fünfhundert Jahre alten *Luyinh-Chin*-Banknoten, derzeit im Besitz des koreanischen Großindustriellen Aki-Do-Chan, sollten ab dem 24. Juni in der Bank ausgestellt werden. Das war übermorgen! Mit Kugelschreiber hatte jemand auf den Flyer geschrieben: *Übergabe 23.06. 10:00, Lagerung im Tresorraum!*

Na bitte! Torres hatte bestimmt vor, mit Hilfe der Maske diese wertvollen Geldscheine zu stehlen! Ein privater Sammler würde der Mexikanerin ein Vermögen dafür zahlen. Ob sie sich mit der Maske als Direktor ausgeben würde? Lucy stopfte den Flyer in ihre Tasche. Dann flitzte sie in den Pokerraum. Die erste Pokerrunde hatte gerade begonnen.

Lucy stieß ihren Vater an. »Ich geh doch schon mal vor.«

Ihr Vater nickte. Ihre Mutter sagte: »Sei vorsichtig in den Tunneln und trödel nicht.«

Lucy grinste. »Und ihr verspielt bitte nicht das ganze Geld, das wir heute Morgen verdient haben!«

Torres war nicht im Pokerraum gewesen. Aber die Tür zur Garderobe stand offen. Lucy huschte in den Flur und erschrak. Torres stand mitten in dem rechten Raum. Zum Glück drehte sie ihr den Rücken zu. Lucy huschte schnell in den Lagerraum. Keine Sekunde zu früh, denn Torres trat in den Flur.

Die Mexikanerin trug nicht mehr das Jeanshemd, sondern einen beigefarbenen Anzug. Die kinnlangen schwarzen Haare hatte sie zurückgegelt, und im Gesicht hatte sie einen großen schwarzen Schnurrbart. Ihre Verkleidung konnte nur eins bedeuten: Sie hatte etwas vor!

Torres verschwand in den Tunneln. Lucy zog die Perücke mit braunen Locken von Fujii aus ihrem Rucksack und stopfte ihren Pferdeschwanz darunter. Was Torres konnte, konnte sie schon lange. Die Sohlen ihrer Turnschuhe machten keinen Laut, als Lucy der Mexikanerin folgte. War sie etwa auf dem Weg zur Bank?

Lucy drückte sich eng an die Tunnelwand, als Torres sich durch den Spalt in den Fahrstuhlschacht zwängte. Dann huschte sie hinterher. Durch den Spalt in den Schacht und von dort in die Tiefgarage, genauso wie gestern, als sie auf dem Weg zum Geheimdienst gewesen war. Als Lucy in die Tiefgarage trat, stand Torres keine zehn Meter von ihr entfernt auf dem Dach eines Geländewagens. Sie nestelte an einer Kamera an der Decke herum. Lucy huschte hinter ein Fahrzeug. Plötzlich drehte Torres sich zu ihr um! Lucy ließ sich blitzschnell in die Hocke fallen. Sie hielt den Atem an und betete, dass Torres sie nicht gesehen hatte. Sie hörte Schritte, die aber nicht näher kamen. Lucy spähte vorsichtig hinter dem Wagen hervor. Torres nahm sich gerade eine weitere Kamera vor. Offensichtlich schloss sie die Drähte kurz. Lucy kannte diesen Trick. Torres stellte die Kameras so ein, dass sie Bilder von einem anderen Tag zeigten.

Torres stieg jetzt in den Aufzug, der hoch in die Bank führte. Kaum hatte sich die Tür des Fahrstuhls geschlossen, stand Lucy davor. Sie zählte einmal bis hundert und drückte dann den Knopf des Aufzugs. Hoffentlich war die Bank gut besucht, dann würde sie nicht auffallen. Als Lucy oben aus dem Fahrstuhl spähte, sah sie die Mexikanerin. Schnell tat Lucy so, als würde sie sich den Schuh zubinden. Torres machte im Foyer unauffällig Fotos mit ihrem Handy. Von den Kameras an der Decke, von der Lichtschranke, von der Tür zum

Tresorraum. Lucy zweifelte keine Sekunde mehr daran, dass Torres sich mit der Maske als Bankdirektor tarnen wollte, um die wertvollen Geldscheine zu stehlen.

Als Torres die Bank verließ, folgte Lucy ihr wieder. Wie erwartet, eilte Torres zurück zum Gangstertreffen. Kurz bevor sie den Tunnel unter der Geisterbahn erreicht hatte, blieb sie stehen und zog ihr Handy raus. Lucy schlüpfte gerade noch rechtzeitig in eine Nische. »Mensch, Lucy«, ermahnte sie sich, »du musst vorsichtiger sein!«

Torres sprach leise in ihr Handy. »Läuft alles.« Pause. »Nein, mach ich allein.« Pause. »Nein. Übermorgen.« Pause. »Spätestens um zwölf.« Die Mexikanerin steckte das Handy ein und ging zur Tür, die zum Gangstertreffen führte. Lucy machte sich auf den Weg nach Hause. Übermorgen würde sie sich die Maske holen!

Lucy war noch nicht lange zu Hause, als ihr Handy plingte.

18 Uhr Burger Express, Herrentoilette, Kennwort: Jungblutbrunnenstraße. C. F.

Über das komische Kennwort wunderte sich Lucy gar nicht mehr. Aber Herrentoilette? Nö, sie war ein *Mädchen*! Alles machte sie auch nicht mit, Geheimdienst hin oder her!

Nein! Nicht in der Herrentoilette! tippte Lucy in ihr Handy. Zehn Sekunden lang tat sich nichts. Dann plingte ihr Handy erneut.

18 Uhr Burger Express, gleiches Kennwort, Damentoilette.

Ha! Eins zu null für sie!

Als Lucy ihre Eltern hörte, schob sie Cash von der Couch. Ihr Vater ließ sich neben Lucy plumpsen. »Ich hasse Pokern«, knurrte er.

»Du bist zu nett dazu«, sagte Lucys Mutter und quetschte sich zwischen die beiden. Cash ließ ein wohliges Brummeln verlauten. Er liebte es, wenn die Familie zusammen war.

»Ja, ja«, brummte ihr Vater und wandte sich dann an Lucy. »Ratto hat einen Tag Pause für morgen angekündigt. Also, falls du was vorhast, Lucy …«

Was? Ratto war heute nicht auf dem Treffen und morgen gab es einen Tag Pause? Hatte der etwa was Besseres vor?

Ihr Vater rieb sich den Bauch und stöhnte. »Ich glaube, Abendessen fällt heute aus. Ich habe zwei Stücke Himbeersahnetorte und drei Riesenstücke Schokotorte gegessen.«

Lucys Mutter nickte. »Von mir aus gerne. Lucy?«

»Ich bin auch noch pappsatt. Mir reicht ein Joghurt heute Abend.« Lucy schaute auf die Uhr. Och nö! Schon halb sechs. Um sechs musste sie bei *Burger Express* in der City sein. Am liebsten wäre Lucy einfach für immer auf der Couch sitzen geblieben. Es war so gemütlich mit ihren Eltern und Cash.

Trotzdem raste Lucy zehn Minuten später die Straße runter. Sie warf ihr Rad auf den Gehweg vor die mit schlechten Graffiti besprühte Hauswand des *Burger Express,* stopfte sich einen Kaugummi in den Mund und betrat das Restaurant. Ohne sich umzusehen, stapfte sie direkt in die Damentoilette. Niemand war im Vorraum. Igitt, dieser Gestank! Plötzlich stand jemand hinter ihr. Lucy fuhr herum. Ach so, nur die Putzfrau … aber halt! Unter dem geblümten Tuch, das die Frau sich um den Kopf gewickelt hatte, erkannte Lucy Fujiis kleine wachsame Augen. Der Agent trug einen rosa Kittel, einen Wischer in der einen Hand und einen Eimer in der anderen. Den stellte er jetzt ab, dass das Wasser überschwappte.

Lucy verdrehte die Augen. »Jungblutbrunnenstraße«, knurrte sie.

»Warst du das Mädchen in der Zentrale?«, zischte Fujii. »Hast du die Akte geklaut?«

Lucy nickte trotzig. »Ja. Aber nur, weil Sie mir …«

»Das hat Konsequenzen, Longfinger«, zischte der Agent. »Was meinst du, was das hier ist? Ein Spaß?«

»Wenn ich Spaß wollte, würde ich nicht mit Ihnen zusammenarbeiten«, zischte Lucy zurück. Fujii wollte schließlich, dass *sie* ihm half, nicht umgekehrt. Fujiis schwarze Augen musterten sie unangenehm eindringlich.

»Sie haben mir schließlich nicht verraten, was im Koffer ist. Aber das musste ich wissen. Denn jemand kann die Maske auch längst rausgenommen haben!« Sie erwartete ein riesiges Donnerwetter, weil sie von der Maske wusste.

»Gut, Longfinger«, sagte Fujii schließlich. »Wenn du noch einmal beim Geheimdienst auftauchst, kannst du was erleben. Ist das klar? Und wenn du Informationen brauchst, fragst du mich. Direkt.«

Besser, sie lenkte schnell ein. »Okay. Und was ist mit der Spur zur *Seasonal Sea*?«

Fujii zuckte mit den Schultern. »Hab ich überprüft. Kein Hinweis auf kriminelle Geschäfte. Und noch mal: Du sollst den Koffer zurückbringen und uns nicht irgendwelche Hinweise auf andere Verbrechen geben.«

»Klar, weiß ich doch!« Lucy grinste den Agenten an. Er durfte nicht merken, dass sie enttäuscht war. »Aber ich bekomme halt so einiges mit, was für den Geheimdienst megainteressant sein könnte. Hier!« Sie hielt Fujii den Zettel mit der Telefonnummer hin, den sie von Rattos Tisch geklaut hatte. »Die könnte was mit dem Koffer zu tun haben. Würde ich mal überprüfen«, sagte sie. »Und was die Fähre gestohlener Autos angeht, da soll Montagabend was laufen.«

Fujii zog warnend seine Augenbrauen hoch.

Lucy machte eine Kaugummiblase und ließ sie platzen. »Ich sag's nur. Was draus machen müssen Sie selber.« Das klang cool, aber insgeheim flehte Lucy: *Bitte, bitte, mach was draus. Nur noch vier Tage!*

Fujii musterte Lucy nachdenklich. Was er wohl dachte?

»Gut«, sagte er. »Mal sehen.« Der Agent steckte den Zettel ein. Dann schnellte seine kleine Hand vor. »Meine Brille!«

Lucy zog Fujiis Superbrille aus der Jackentasche und hielt sie ihm hin. Schade, aber die hatte ihr ja schon gute Dienste geleistet. Und sie konnte sie sich jederzeit wieder ausborgen.

»Eine Frage hab ich noch«, sagte sie frech. »Warum sind sie eigentlich nicht sauer, dass ich ihnen das Handy, die Brille und die Chipkarte abgenommen habe?«

»Mir war klar, dass ich bei dir mit so einigem rechnen muss«, sagte Fujii und zuckte mit den Schultern. Zum ersten Mal dachte Lucy, dass Fujii eigentlich ganz cool war. Der Agent trat ganz nah an sie heran. »Du fährst jetzt nach Hause und holst die Akte, Longfinger. Du wirfst sie um Punkt sieben in einer Plastiktüte in den Abfalleimer neben der blauen Bank auf dem Spielplatz im Pickford Park, verstanden?«

Lucy nickte und lächelte honigsüß. Der Agent merkte nicht, dass sie ihm dabei die Uhr vom Handgelenk nahm.

Zwei Minuten später stieg Lucy aufs Rad. Die Akte konnte Fujii gerne zurückhaben. Sie wusste ja, was drinstand.

Als Lucy vom Spielplatz zurück war, holte sie sich einen Joghurt aus dem Kühlschrank und nahm ihn mit hoch. Sie war zufrieden. Übermorgen würde sie sich die

Maske holen! Lucy griff in die Tasche und zog die Uhr heraus, die sie Fujii abgenommen hatte. Mal sehen, was die so konnte. Ach, das würde sie gleich mit Toni testen. Hoffentlich hatte Sonnenschein-Toni sich wieder beruhigt. Das mit dem Kodex musste sie ihm echt noch mal erklären. So was wie heute Morgen durfte nicht noch einmal passieren. Lucy warf einen Blick auf die Uhr. Noch zehn Minuten. Sie flitzte nach unten und holte eine Chipstüte. Aber als sie wieder in ihrem Zimmer stand, schüttelte sie den Kopf. Sie stopfte die Chipstüte in ihren Schrank. Der Termin mit Toni war rein geschäftlich.

Kapitel 14

Gar nicht so schwer

Um fünf Minuten vor acht stand Lucy am Fenster. Noch kein Toni in Sicht. Sie stellte den Alarm aus. Es war ein milder Abend, die Stimmung auf der Straße friedlich und entspannt. Lucy hörte den Vögeln zu. Frühmorgens und abends sangen sie am meisten.

So, jetzt sollte Toni aber kommen. Es war zwei Minuten nach acht.

Um zehn nach acht wurde Lucy ärgerlich. Der Alarm war schon fünfzehn Minuten lang ausgeschaltet. Ihre Eltern durften das nicht merken! Toni musste pünktlich sein, sonst konnte es keine Treffen mehr geben. Oder kam er nicht, weil er immer noch beleidigt war? Das wäre ja wohl echt albern! Okay, sie war nicht grade nett gewesen. *Das nächste Mal gehen wir zu Starfish Ice, da ist die Bedienung nicht so überdreht.* Das war fies von ihr gewesen. Aber Toni Sonnenschein verstand schließlich Spaß. Da musste er doch wissen, wie sie das gemeint hatte!

Um zwanzig nach acht schloss Lucy das Fenster und stellte den Alarm wieder an. Toni würde nicht mehr kommen, so viel war sicher. Lucy hatte einen Kloß im Hals.

»Jetzt werd bloß nicht komisch, Lucy«, sagte sie laut. Sie stapfte zum Schrank und zog die Chipstüte raus. Mit Toni konnte sie nicht zusammenarbeiten, das war klar. Er hatte ihren Termin nicht eingehalten. Nur wegen diesem einen blöden Satz? Er hätte wissen müssen, wie sie den gemeint hatte. Und er hätte sich nicht so aufdrängen sollen! Er hatte sie in eine total blöde Lage gebracht, dafür würde er sich entschuldigen müssen. Lucy stopfte sich mehrere Chips auf einmal in den Mund. Plötzlich hatte sie wieder Tonis Gesichtsausdruck vor Augen, als sie gesagt hatte, bei *Starfish* wäre alles besser. Sollte … Sollte *sie* sich etwa entschuldigen? Nein. Der Kodex sagte ganz klar in Punkt 11: *Ein Longfinger entschuldigt sich nicht, außer bei seiner Familie.* Aber wenn sie den Kodex beachtet hätte, wäre Toni gar nicht in die Villa gekommen. Und wenn sie ganz ehrlich war: Ja, sie hatte sich auf Toni gefreut. Lucy warf die Chipstüte auf den Boden. Ein paar fielen heraus. Lucy starrte sie an und seufzte. Manche Punkte im Kodex mussten echt geändert werden. Wenn *sie* erst mal die Familienführung hatte, würde sie das versuchen. Aber das würde noch einige Jahre dauern und half ihr jetzt nicht weiter.

Lucy seufzte. Morgen war der Gangstertreffen-freie Tag. Sie wollte doch sowieso ein wenig Rad fahren. Da konnte es nicht schaden, mal in der Eisdiele vorbeizuschauen.

Als Lucy im Bett lag und an die Decke starrte, überlegte sie, was sie sagen sollte. »Hallo Toni, warum bist du nicht gekommen? Du warst doch nicht etwa beleidigt? Hast du dir mal überlegt …« Nein!

»Hey Toni, du denkst doch nicht, dass ich das gestern ernst gemeint habe …« So auch nicht. Lucy seufzte und drehte sich auf die Seite. Sie hatte einfach keine Übung darin, mit Freunden über schwierige Sachen zu reden. Kein Wunder, sie hatte ja keine! Zum Glück, denn jetzt zeigte sich ja mal wieder, wie kompliziert es war, wenn man andere Menschen zu nah an sich heranließ.

Trotzdem verschwand das mulmige Gefühl in ihrem Bauch nicht. Lucy setzte sich hin und knipste ihre Nachttischlampe wieder an. Dann stand sie auf und holte Cash hoch. Als sie den warmen Hundekörper spürte und ihr Gesicht in sein Fell drückte, wandelte sich ihr Ärger darüber, dass Toni nicht gekommen war, in Traurigkeit. Ob sie sich gar nicht mehr sehen würden? Zum ersten Mal hatte sie das Gefühl, etwas richtig vermasselt zu haben.

»Was ist bloß los mit dir, Lucy Longfinger?«, schimpfte sie mit sich selbst. Cash hob seinen Kopf, als wolle er sagen: »Hör auf damit.« Dann leckte er ihr durchs Gesicht, und Lucy fühlte sich ein wenig besser. Cash mochte sie immer, egal, was sie tat.

Als der Wecker klingelte, fiel es Lucy sofort ein. Eisdiele, sie wollte in die Eisdiele. Sie zog sich die Bettdecke über den Kopf und blieb liegen. Lucy!, mahnte sie sich selbst nach einer ganzen Weile und zwang sich, endlich aufzustehen. In Zeitlupe zog sie sich an. An ihren Füßen schienen Bleigewichte zu hängen.

Der Blick in die Knäckebrotdose ließ ihren Magen zu einem einzigen Klumpen werden. Nur noch drei Scheiben! Okay, Lucy. Du hast nur noch drei Tage. Bis dahin musst du die Maske und was gegen Ratto haben! Jetzt reiß dich zusammen! Erst zu Toni Sonnenschein und dann an den Schreibtisch, den Plan für morgen durchgehen.

Bei *Morelli* warf Lucy ihr Rad auf den Gehsteig. Sie war schon an der Tür, da zögerte sie. Sie ging zurück, hob das Rad auf und stellte es in den Ständer.

Du willst dich nicht entschuldigen, du willst es ihm nur erklären, rief sie sich noch mal ins Gedächtnis und zog die Tür auf. Es duftete nach frischem Kaffee und den süßen Hörnchen, die Mr. Morelli immer ordentlich mit Puderzucker bestreute.

Toni Sonnenschein stand mit einem blassen Jungen hinter der Theke. War das die neue Aushilfe? Er hatte dunkle glatte Haare und schien ein bisschen älter zu sein als sie. Toni fuchtelte mit dem Eisportionierer herum. Dabei plapperte er auf den Jungen ein, der immerzu nickte.

Die hatten tatsächlich jemanden eingestellt? So viel war hier doch gar nicht zu tun! Sie hatte nicht den Eindruck gehabt, dass Toni Sonnenschein sich überarbeitete.

Lucy baute sich vor der Theke auf. »Guten Morgen.«

Sie bekam keine Antwort. Was, Toni sagte nicht mal guten Morgen? Lucy räusperte sich. »Wäre es möglich, dass der vielbeschäftigte Antoni Samuele Morelli einen klitzekleinen Moment Zeit für mich hätte?«

Toni machte so ein verdutztes Gesicht, dass Lucy fast gegrinst hätte. Tja, auch sie konnte sich Informationen beschaffen!

Toni legte den Eislöffel weg und sagte zu dem Jungen: »Und oben auf die Sahne kommt ein wenig von der Erdbeersoße, okay? Bin gleich wieder da.« Er wischte sich die Hände ab und kam hinter der Theke hervor.

»Kennen wir uns?« Er zog die Augenbrauen hoch. »Wie auch immer – wenn du richtig gutes Eis willst, dann musst du zu *Starfish Ice* gehen.« Er rümpfte die Nase. »Die Bedienung ist dort auch nicht so überdreht wie hier.« Er drehte sich wild im Kreis.

»Lass das«, sagte Lucy. Der Junge hinter der Theke sah stirnrunzelnd zwischen ihnen hin und her.

Lucy zog Toni ein Stück von der Theke weg. »Eigentlich wollte ich dir was sagen, aber wenn du so blöd bist, lass ich das.« Sie wandte sich ab.

»Hey, warte.« Lucy spürte Tonis Hand auf ihrer Schulter. »Ähm … was wolltest du mir denn sagen?«

Lucy drehte sich zu Toni um. Es war nichts mehr zu sehen von dem ausgeflippten Toni von eben. Er sah zerknirscht aus und ließ die Schultern hängen. Und dann redeten beide gleichzeitig los.

»Also, ich wollte dir sagen, dass ich …«

»Tut mir leid, ich hätte echt wissen müssen, warum du …«

Beide mussten lachen.

Toni sagte: »Okay, du zuerst.«

Lucy seufzte. »Also, ich war echt sauer auf dich, weil du doch weißt, dass ich keine Freunde haben darf. Tja und deshalb … ist mir das mit *Starfish Ice* rausgerutscht.« Sie zuckte mit den Schultern. »Das war … ähm … blöd von mir.«

Toni trat von einem Fuß auf den anderen. »Stimmt, das war blöd von dir! Aber ich hätte echt dran denken müssen. Ich … Ich hab dich in eine unangenehme Lage gebracht. Tut mir leid.«

Lucy sagte: »Schon gut.«

»Dann haben wir uns also beide entschuldigt?« Toni strahlte Lucy an.

»Sieht so aus«, murmelte sie.

Toni klatschte in die Hände. »Willst du ein Eis?«

Lucy zeigte auf den Jungen hinter der Theke, der sofort den Blick senkte. »Er hat gelauscht«, knurrte sie.

»Er heißt Crick, und er ist Student. Sieht man ihm nicht an, oder? Er hilft heute aus.«

»Ich kann dir helfen«, hörte Lucy sich sagen.

»Du?« Tonis Grinsen reichte von einem Ohr bis zum anderen. »Wow, klasse, das ist echt super von dir, wirklich! Weißt du, Cricky hat heute nicht viel Zeit, er muss gleich wieder los, da könntest du wirklich …!«

»Was soll ich machen?«

»Ja, dann kommen Sie mal mit, Miss Longfinger. Das Eis essen wir später.« Toni tänzelte zur Theke.

»Du kannst auch jetzt schon los, wenn du willst«, sagte er zu Crick, der ihm einen Erdbeerbecher hinhielt. Der Junge band sich sofort die Schürze ab und reichte sie Lucy.

»Dann bis morgen«, murmelte er und drückte sich an ihnen vorbei.

»Danke, Cricky!«, rief Toni ihm hinterher. Er grinste. »Er ist etwas schüchtern.«

»Aha«, sagte Lucy. »Aber mal ehrlich, sein Erdbeerbecher sieht etwas verknautscht aus, oder?« Die Sahne war eine Pfütze, und die Erdbeersoße lief außen am Becher herunter.

»Na ja, geht doch – fürs erste Mal«, sagte Toni.

Lucy sah den Becher an und dann Toni, und beide prusteten los. Lucy band sich die Schürze um und zeigte auf Cricks Erdbeerbecher. »Den bringst du aber an den Tisch.«

»Du machst das echt gut«, sagte Toni eine halbe Stunde später. Er hatte Lucy eine Liste hingelegt, auf der die Eissorten und Soßen für jeden Becher standen.

»Hättest du nicht gedacht, was?« Lucy streckte Toni die Zunge raus, lachte dann aber.

Toni nickte. »Ich dachte wirklich, verzieren liegt dir nicht so.«

Lucy boxte ihn in die Rippen. »He!«

In dem Moment kam Tonis Vater in die Eisdiele. »Schon wieder eine neue Aushilfe?«, rief er. »Hast du den Studenten rausgeworfen, Toni?« Er lachte und streckte Lucy die Hand hin. Lucy wurde richtig durchgeschüttelt. Mr. Morellis Augen blitzten genauso wie Tonis.

»Cricky hatte noch was vor. Das ist Lucy«, grinste Toni.

»Willkommen in der Familie Morelli«, sagte Tonis Vater herzlich. »Du warst gestern mit deiner Mutter hier, stimmt's?« Er band sich seine Schürze über dem dicken Bauch zu. Lucy nickte.

Toni stieß Lucy an. »Weißt du, ich habe fast das Gefühl, dir liegt ein bisschen was an mir …«

»Bild dir bloß nichts ein«, brummte Lucy und drapierte drei kleine Amarettoplätzchen auf einem Nougat-Orangen-Becher. Dann warf sie einen Blick auf die Uhr und erschrak. Was? Halb eins? Die Zeit war ja geflogen! Sie band sich die Schürze ab.

»Ich muss los«, sagte sie zu Toni, der an der Espressomaschine stand.

Toni grinste. »Kommst du morgen wieder helfen?«

»Hm, so viel Zeit hab ich auch wieder nicht. Aber wenn ich mal Langeweile haben sollte …« Lucy eilte um die Theke herum. Eigentlich wäre es schön, morgen noch mal zu helfen.

»Warte mal!« Toni strahlte Lucy an. »Danke für deine

Hilfe! Hm … schade, dass ich dich nicht mal besuchen kann. Ich meine, so *richtig* besuchen, nicht heimlich über die Feuerleiter.«

»Bloß nicht!«, sagte Lucy und hob abwehrend die Hände. Sie stellte sich vor, wie Toni ihre Eltern so anstrahlte, wie er sie gerade anstrahlte. Toni und ihre Eltern? Unmöglich!

»Okay«, seufzte Toni. »Du bist der Boss. Heute Abend um acht?«

Lucy nickte. »Abgemacht.«

KAPITEL 15

Einmal entführen, bitte!

Lucy radelte langsam die Pickford Street hoch. Es hatte Spaß gemacht in der Eisdiele. Wenn sie irgendwann nicht mehr Gaunerin sein wollte, dann würde sie sich eine kleine Eisdiele kaufen. Sie würde die ungewöhnlichsten Eissorten der Stadt haben. Solche wie Thymian-Papaya. Oder Marzipankartoffel-Crunchy. Oder Milchschokolade-Orangenbiskuit. Oder … Ihr Handy plingte. Lucy versuchte, es aus ihrer Tasche zu angeln, während sie weiter kräftig in die Pedale trat. Sie schlenkerte und fuhr fast gegen eine Straßenlaterne. Es war eine Nachricht von Fujii.

18 Uhr, blauer Kiosk Eucalyptus Avenue, Kennwort: Kalifornien im Dünnbrettbohrerkomplott. C. F.

Kalifornien im Dünnbrettbohrerkomplott! Lucy stöhnte. »Kennwort? Das ist ja fast ein ganzer Kennsatz!«

Der blaue Kiosk war in der Nähe ihrer Schule. Bis halb sechs hatte sie also Zeit. Wenn sie sich sofort an den Schreibtisch setzte und konzentriert den Plan für morgen durchging, konnte sie danach vielleicht noch einen Film gucken. Und sich Popcorn dazu machen.

Als Lucy die Haustür öffnete, war es still in der Villa. Keiner da?

»Hallo!«, rief sie. Cash kam angetrottet.

»Lucy?« Das kam aus der Bibliothek.

»Wenn sie in der Bibliothek sind, planen sie etwas. Komm!«, sagte sie zu Cash und lief vor.

Ihre Eltern saßen an dem alten großen Tisch vor einer Skizze und ein paar vergilbten Plänen.

»Da seid ihr ja. Ist irgendwas?«, fragte Lucy.

»Alles paletti«, murmelte ihr Vater, sah aber aus, als brüte er über irgendwas. »Pass mal auf, Lucy«, sagte er dann. »Du müsstest morgen auf dem Gangstertreffen den Familienvorsitz übernehmen.«

Lucy erstarrte. Was sagte er da? Morgen?

»Guck doch nicht so! Ist kein großes Ding.« Ihr Vater kniff ihr in die Wange.

»Autsch!«, knurrte Lucy.

»Du brauchst keine Angst zu haben«, sagte ihre Mutter. »Du musst nur auf der Liste unterschreiben, und falls etwas abzustimmen ist, darfst du für die Familie stimmen. Du weißt schon, das Messer-Zeichen. Sagen musst du nichts. Ganz einfach.«

Ganz einfach? Lucy starrte auf die Skizze ihrer Eltern. Was planten sie denn für morgen? Sie hatte doch selbst Pläne!

»Und warum?«, fragte sie und zeigte auf den Tisch. »Was macht ihr denn morgen? Sieht aus wie eine Skizze der Bank …«

Ihre Eltern warfen sich einen Blick zu. Lucy wusste, dass sie ihr nicht immer alles sagten. Um sie zu schützen.

Ihre Mutter seufzte. »Pass auf. In der *Bank of America* werden ab morgen die fünfhundert Jahre alten *Luyinh-Chin-Banknoten* ausgestellt. Sie sind im Besitz von Aki-Do-Chan. Wir wollen sofort am ersten Tag zuschlagen. Sie werden bis zum Start der Ausstellung im Tresorraum gelagert.«

Lucys Magen drehte sich um. »Ich weiß«, sagte sie.

»Sehr gut, Lucy«, lobte ihr Vater. »Man muss immer wissen, was in der Welt passiert und was wann und wo läuft.«

Ihre Mutter nickte. »Und wer noch davon weiß, natürlich.«

»Klar«, murmelte Lucy. Verdammt! Ihre Eltern wussten nicht, dass Torres auch informiert war. Sie planten das gleiche Verbrechen wie die Mexikanerin! Am selben Tag, an dem auch Lucy dort sein wollte, um Torres die Maske abzunehmen. In Lucys Kopf drehte sich alles. Sie musste sich am Tisch abstützen. Ihr war schlecht.

»Geht's dir gut?«, fragte ihre Mutter.

Lucy atmete tief ein und aus. »Ich … hab zu viel Eis gegessen, glaub ich. Mir ist schlecht.« Das war nicht gelogen.

»Dann ruh dich aus und trink Fenchel-Anis-Kümmel-Tee, damit du morgen fit bist«, sagte ihr Vater. »Man hat nicht alle Tage den Familienvorsitz der Longfingers.«

Lucy nickte. »Klar, da hast du recht.« Ihre Stimme wackelte etwas. Sie ging in die Küche und goss sich ein Glas Milch ein. Das würde sie beruhigen. Aber sie wollte gar nichts trinken! Lucy schüttete die Milch gleich wieder in den Ausguss. »Mist, Mist, Mist!«, fluchte sie.

»Obacht!«, meldete sich Miss McPie von ihrer Stange. »Ein Longfinger flucht nicht. Punkt 26 im Kodex!«

»Ja, ja!«, murrte Lucy. Die Krähe hatte gut reden! Sie musste sich nicht mit solchen Dingen rumschlagen. Lucy nahm Cash mit in ihr Zimmer, schloss die Tür und holte die Mäuse aus dem Käfig. Cash streckte sich entspannt neben Lucy auf dem Boden aus, den großen Kopf auf ihrem Schoß. Bald kletterte die Mäusefamilie auch auf ihm herum.

»Wir können jetzt nicht in die Tunnel gehen«, sagte Lucy, »das machen wir besser, wenn Mum und Dad nicht da sind.«

Wenn Mum und Dad nicht da sind. Nicht da sind! Das war es! Ihre Eltern durften auf keinen Fall morgen in die Bank kommen und das gleiche Ding drehen wie Torres! Und wie konnte man sie davon abhalten? Indem sie gar nicht da waren. Sie mussten verschwinden. Ja, das war's! Sie würde sie entführen lassen! Dann wären sie aus dem Weg, und sie hatte freie Bahn in der Bank! Aber … Lucy nahm Al Capone auf die Hand. Die kleine Maus war ganz warm. Hm, konnte sie das wirklich tun? Das war ganz schön heftig, wenn sie ihre eigenen Eltern entführen ließ. Al Capone fiepte. »Du meinst also, das wär richtig, was?« Lucy grinste. Sie sprang auf. Sie hatte eine Idee, wie ihren Eltern dabei nichts passieren würde. Cash brummelte. Lucy streichelte ihm noch einmal liebevoll über den Kopf. »Tut mir leid, mein Lieber, aber ich kann nicht tatenlos hier herumsitzen.« Sie warf einen Blick auf die Uhr. Halb drei. Sie musste alles klarmachen.

Lucy setzte sich an ihren großen Schreibtisch und griff nach dem Telefon. Die Longheris schuldeten ihr doch noch was! Und das würde sie jetzt einlösen.

Mr. Longheri war am Apparat, und drei Minuten später hatte Lucy alles eingetütet. Um Punkt neun Uhr morgen früh, wenn ihre Eltern in den Transporter steigen wollten, um ihn in die Nähe der Bank zu fahren, würden die Longheris vorfahren. Mr. Longheri würde ihre Eltern in den Wagen bitten, um sie wegen ihres Plans zu warnen. Ihre Eltern würden einsteigen. Sie konnten kein Risiko eingehen. Wenn sie im Wagen saßen, würde Mr. Longheri ihnen erklären, dass ihr Vorhaben durchgesickert war und es in der Bank von Polizisten wimmeln würde. Dann würde er ihre Eltern noch in ihr Haus in den Bergen einladen. Sie würden gut essen und sich ausgiebig unterhalten, und danach würde Mr. Longheri ihre Eltern nach Hause fahren. Bis dahin wäre das Ding in der Bank gelaufen, und sie hatte die Maske. Ganz einfach.

Nach dem Telefonat lehnte Lucy sich zurück. Sie war einfach gut in solchen Dingen. Das hatte sie von ihrem Opa geerbt. So, und jetzt hatte sie Hunger.

Als sie schon an der Tür war, blieb sie stehen. Pustekuchen! An ihrem schönen Plan war doch ein Haken! Wie sollte sie Torres in der Bank die Maske abnehmen und gleichzeitig den Familienvorsitz auf dem Gangstertreffen übernehmen? Sie hatte schließlich keinen Doppelgänger! Ob Toni eine Idee hatte, wenn er heute Abend über die Feuerleiter kam? Quatsch, die Pläne machte sie selbst, nicht Toni. *Toni!* fiel es ihr plötzlich wie Schuppen von den Augen. Toni selbst war die Lösung! Toni konnte sie beim Gangstertreffen vertreten. Er brauchte nur eine Vollmacht mit Familiensiegel. Und sie wusste, wo das Siegel war. Hm … aber Toni wäre kein guter Gangster. Er würde sich bestimmt auffällig verhalten! Lucy seufzte. Trotzdem. Es war einen Versuch wert. Schauspieltalent hatte Toni schließlich. Er musste sich halt richtig in die Rolle reinversetzen. Sie nickte. So, jetzt konnte sie erst mal was essen.

Ihre Eltern waren noch immer in der Bibliothek, Lucy hörte sie reden. Oje, da planten sie alles haarklein durch, und dann machte ihre eigene Tochter ihnen einen Strich durch die Rechnung. Aber doch nur, um sie vor Ratto zu schützen! Das würden sie sicher verstehen.

Als Lucy sich ein Käsebrot schmierte, kamen ihr

Zweifel, ob sie Toni in die Sache hineinziehen sollte. Sie brachte ihn damit in Gefahr. Aber ihr fiel einfach nichts Besseres ein. Und was sollte Ratto Toni auf dem Treffen antun, vor all den anderen? Dieser eine Tag würde schon gutgehen. Am besten, sie fragte Toni sofort!

»Bin gleich zurück, hab was vergessen!«, rief sie und flitzte aus der Haustür.

Toni strahlte nicht mehr so wie heute Morgen. Seine Augen leuchteten nicht, und er ließ die Schultern hängen. Das war doch nicht Toni Sonnenschein!

»He!«, rief Lucy und boxte ihn in den Oberarm. »Welche Laus ist dir denn über die Leber gelaufen?«

Wortlos griff Toni nach Lucys Hand und zog sie zur Fensterscheibe. An dem alten leerstehenden Haus gegenüber hing ein riesengroßes Banner: *Starfish Ice – bald zweimal in Mable Beach!*

Darunter ein Foto von einem modernen Glaskubus, der aussah wie ein türkisfarbener Eiswürfel.

»Sie bauen eine superschicke Eisdiele! Genau gegenüber! Weiß du, was das heißt? Zu uns kommt keiner mehr, und wir können schließen!«

»Ach, euer Eis ist doch viel besser«, murmelte Lucy. Sie überlegte gerade, wie sie Toni die Sache erklären konnte. Sie zog ihn von der Scheibe weg. »Hör mal, ich brauche deine Hilfe.«

Toni nickte. »Okay. Wobei denn?« Begeistert hörte sich anders an. Dabei wollte er doch immer helfen!

»Du musst mich einen Tag lang auf dem Gangstertreffen vertreten.«

»Geht klar.« Toni nickte.

Geht klar? Kein verzücktes In-die-Hände-Klatschen? Keine Drehung à la Toni Sonnenschein?

»Toni? Hast du mir zugehört? Traust du dir das zu?«, fragte Lucy.

Toni zielte halbherzig auf einen Stuhl. »Hände hoch! Hier kommt Toni Morelli. Wer nicht spurt, wird umgenietet!«

»Pst«, machte Lucy. Es war nur ein Tisch ganz hinten besetzt, aber trotzdem.

»Schon gut«, sagte Toni. Er seufzte. »Okay. Es lenkt mich ja auch etwas ab, wenn ich dir helfe. Und wie soll ich mich vorbereiten?«

»Gar nicht. Hast du einen schwarzen Anzug und Gel für die Haare?« Toni nickte.

»Gut. Was du sagst, besprechen wir heute Abend, okay?«

Als Lucy zur Tür ging, stand Toni einfach nur da und ließ wieder die Schultern hängen. Mit etwas schlechtem Gewissen hob Lucy ihr Rad auf. Sie hatte Toni ganz schön überfallen. Er hatte ja gar keine Wahl gehabt, als ja zu sagen.

Als Lucy zurück war, lief sie nach oben und ließ sich auf ihr Bett plumpsen. Eigentlich konnte sie zufrieden sein. Sie hatte einen guten Plan. Aber Tonis trauriges

Gesicht wollte sie einfach nicht loslassen. Sie seufzte und warf einen Blick auf die Uhr. Halb fünf. In einer Stunde musste sie sich auf den Weg machen, um Fujii zu treffen. Lucy machte sich schnell eine Tüte Mikrowellenpopcorn und spielte das Detektivspiel, in dem sie Sergeant Hopps war, die tolle Detektivin, die jeden überführte. »Bald muss ich aber mal wieder die Seite wechseln«, murmelte sie und grinste.

Die Stunde war schnell vorbei. Irgendwie verging die Zeit schneller, wenn man Handy spielte. Lucy streckte sich noch einmal auf dem Bett aus. Dann stand sie auf.

Drei Minuten später radelte Lucy durch das Pacific-Tree-Viertel, die Eucalyptus Avenue hinunter bis zur Ecke Olive Avenue. Der blaue Kiosk, den Fujii als Treffpunkt ausgewählt hatte, hatte in etwa die halbrunde Form einer Bohne. Er war denkmalgeschützt und durfte deshalb nicht abgerissen werden. Am Ende der Straße lag ihre Schule und keine hundert Meter weiter Tonis. Die Schüler beider Schulen holten sich in der Pause ihre Snacks hier am Kiosk. Aber nun waren ja Ferien, und weit und breit war niemand zu sehen.

Lucy warf ihr Rad an den Straßenrand und sah sich um. Vor dem Kiosk stand niemand, das Fenster war geschlossen. Auf der Olive Avenue lief eine Frau, aber die war viel größer als der kleine Asiat.

Zack. Das Kiosk-Fenster wurde hochgeschoben. Ein Pfiff ertönte, und Fujiis kleiner runder Kopf erschien am Verkaufsfenster. Lucy stapfte auf den Agenten zu. »Ich bin doch kein Hund!«

»Das Kennwort«, sagte Fujii.

»Kalifornien im Dünnbrettbohrerkomplott«, knurrte Lucy. »So ein Unsinn!«

Fujiis Arm schnellte aus dem Fenster. »Meine Uhr.«

Lucy löste Fujiis Uhr vom Handgelenk und reichte sie ihm.

»Hatte auch mehr von ihr erwartet«, sagte sie und machte eine Kaugummiblase. Eigentlich hatte sie die Uhr noch gar nicht richtig getestet.

»Ich will wissen, ob die *Seasonal Sea* mit deinem Auftrag zu tun hat!«

»Nicht direkt, aber …« Lucy machte noch eine Kaugummiblase. Was sollte sie sagen? Sie ließ die Blase platzen. »Alle Verbrechen im Umkreis der Maske könnten zum Ziel führen«, sagte sie.

»Spekulieren führt in unserem Geschäft nicht zum Erfolg«, entgegnete der Agent und warf ihr einen strafenden Blick zu.

Lucy nickte. »Klar. Aber ich weiß, wem die Stiefel gehören.«

Fujii zog die Augenbrauen hoch.

»Also hab ich schon eine handfeste Spur«, grinste Lucy und streckte dem Agenten die Zunge raus. »Und die ist keine Spekulation.«

»Und? Wessen Stiefel sind es?«, fragte Fujii.

»Er heißt Jim Malconi«, schwindelte Lucy. Sie musste

Fujii hinhalten, bis sie auf einen Plan von Ratto stieß, der schlimmer war als Autodiebstahl! Nicht dass der Geheimdienst sich die Maske schnappte und weg war, bevor Lucy ihn auf Rattos Spur gebracht hatte. Das Ultimatum drängte schließlich, ihr Geburtstag war schon in drei Tagen! Ihr Geburtstag! Sonst hatte sie sich immer so auf ihren Geburtstag gefreut. Und jetzt? Alles Rattos Schuld! Diese oberfiese Ratte musste endlich für immer hinter Gitter wandern!

»Ich mach das schon! Ich bin ganz nah dran!«, sagte sie und nickte so cool, wie ein erfahrener Agent nicken würde.

»Gut, Longfinger. Können wir davon ausgehen, dass du die Maske in ein paar Tagen hast?«

Lucy lächelte. »Klar, Agent Fujii.«

Wenn alles glattging, hatte sie die Maske schon morgen Abend.

»Und merk dir eins, Longfinger. Der Arrogante sieht nur Unsinn.« Mit einem Ruck zog Agent Fujii das Fenster zu.

Um Punkt acht tauchte Tonis Kopf auf. Lucy riss das Fenster auf. Sie hatte eine Chipstüte und ein paar Weingummis aus ihrem Vorrat geholt, und von unten zwei Gläser Saft. Toni grinste. Lucy freute sich. War Toni wieder der alte?

»Mein Vater will heute im Amt nachfragen, ob *Starfish Ice* da einfach so bauen darf. Ist doch ein uraltes

Haus. Denkmalschutz und so.« Er sprang von der Fensterbank. »Weißt du, was ich den ganzen Nachmittag gemacht habe?«

»Du wirst es mir gleich sagen«, sagte Lucy.

»Ich habe mir Gangsterfilme angesehen. Ich bin jetzt bestens vorbereitet. Ich weiß genau, wie ich gucken muss und was ich sagen muss.«

Lucy verdrehte die Augen. Sie freute sich zwar, dass Toni wieder glücklich war, aber der alte Toni übertrieb es gleich wieder.

»Ich sag dir jetzt mal, was du sagen musst. Gar nichts! Du hältst schön den Mund, verstanden? Du sagst nur eins, und das auch nur, wenn du gefragt wirst: dass du ein Cousin von Lucy Longfinger bist und den Familienvorsitz für diesen Tag übernimmst, weil die Longfingers notfallmäßig mit ihrer Tochter zum Arzt mussten. Mehr nicht. Klar?«

Toni zog eine Schnute. »Och, Mensch. Die denken ja, ich wär stumm.« Lucy zuckte mit den Schultern. »Im besten Fall denken die gar nichts über dich. Mensch, Toni, die sind gefährlich!«

Sie hielt ihm die Chipstüte und die Weingummitüte hin. »Süß oder salzig? Lass mich raten. Süß.«

Toni grinste und griff nach den Weingummis. Lucy schob ihn zum Schreibtisch und zog die Schublade auf. »Jetzt zu deiner Ausrüstung.«

»Wow!«, staunte Toni.

Es war ein schönes Gefühl, dass Toni die Sachen toll

fand. Lucy holte eine Taschenlampe, einen Dietrich, einen Ausweis auf den Namen Luigi Longfinger, einen Seitenschneider, ein Seil und einen Draht aus der Schublade. Toni starrte den Seitenschneider an.

»Ich hab meine eigene Ausrüstung«, sagte er. Er ging zu seinem Rucksack und kramte seine Sachen raus. Werbeblätter der Eisdiele, Eiskarten, Kopfhörer, Mütze, Kellnerschürze, Eiskelle. Lucy bekam einen Lachanfall, dass ihr die Tränen in die Augen traten.

»He«, sagte Toni beleidigt und nahm eine der Eiskarten, »man weiß nie, wozu die gut sind.«

Lucy wischte sich die Tränen weg. »Klar, du legst dir die Kellnerschürze um, reichst Ratto eine Eiskarte und fragst ihn, zu welchem Eisbecher du ihm deinen Kopf servieren darfst!«

»Sehr witzig.« Toni verdrehte die Augen. »Du wirst schon sehen. Zu irgendwas werde ich die Sachen gebrauchen.«

»Nimm sie halt mit, wenn du unbedingt willst. Aber dein Rucksack darf nicht zu schwer sein, falls du abhauen musst.«

Toni riss die Augen auf. »Du meinst, vor Rattos Killern wegrennen oder so? Glaubst du das?«

»Natürlich nicht«, sagte Lucy. Es klang überzeugter, als sie sich fühlte. In Wirklichkeit hatte sie ein unwohles Kribbeln im Magen, wenn sie sich Toni auf dem Gangstertreffen vorstellte. »So. Ich geb dir jetzt meine Handynummer, für alle Fälle. Die hat sonst niemand, klar?

Niemand!« Lucy hatte sich das dreimal überlegt. Aber bei dieser waghalsigen Aktion musste schließlich alles funktionieren.

»Wow!« Toni zwinkerte Lucy zu. »Das kann ich nicht annehmen! Was für eine Ehre!«

»Tipp sie ein, bevor ich's mir anders überlege!« Lucy sagte ihm die Zahlen. »Hätte mir jemand vor zwei Wochen gesagt, dass ich das tue, hätte ich ihm einen Vogel gezeigt.« Sie seufzte, während sie Tonis Nummer in ihrem Handy speicherte.

»Tja«, grinste Toni, »jeder kapiert früher oder später, was gut für ihn ist.«

»Also noch mal«, sagte Lucy und warf ihm einen ermahnenden Blick zu. »Du sagst nichts bis auf deinen Spruch. Du ziehst einen Anzug und ein weißes Hemd an und gelst dir die Haare zurück. Du musst anders aussehen, klar? Du nimmst den Rucksack mit den Sachen mit, du verdrückst dich, sobald es brenzlig wird, und im Notfall schickst du mir eine Nachricht.«

»Aye, aye, Sir!« Toni nickte.

»Kennst du den *Red Edge* am alten Hafen unten?«

»Klar, wer kennt den nicht?«

»Pass auf.« Lucy erklärte ihm, wo die Lücke im Stacheldrahtzaun war und wie er zur Geisterbahn kam. Dann schob sie ihn zum Fenster. »Und jetzt raus!«

Toni stieg über die Fensterbank. Auf der Leiter blieb er stehen. Er zögerte. »Du schaffst das, Lucy«, sagte er dann.

»Klar schaff ich das«, sagte Lucy cool. Aber sie freute sich trotzdem. Toni kletterte weiter runter. Als er unten war, winkte er kurz und rannte los.

»Toni!«, rief Lucy und hoffte, dass ihre Eltern es nicht hörten. Toni blieb stehen und sah sich um. Lucy beugte sich aus dem Fenster und hielt den Daumen hoch. Sie räusperte sich. »Ähm … du schaffst das auch, okay?«

Ein Lächeln breitete sich auf seinem Gesicht aus. Dann rief er: »Klar, mit links!«

Lucy schaute ihm hinterher, bis sie ihn nicht mehr sah. Eigentlich wäre Toni bestimmt ein ganz guter Freund. So, wie sie sich einen Freund vorstellte, sie hatte ja keinen Vergleich. Sie schloss das Fenster und schaltete den Alarm wieder an.

Vor der Villa des Bankdirektors in der Greenwood Avenue

Die schwarze Limousine der Agentur *Drive Me* stand wie jeden Morgen pünktlich um acht Uhr vor dem Haus des Bankdirektors Walter Rosebut. Der Direktor, ein kleiner kräftiger Mann mit Glatze und etwas Bauch, ließ sich seit seinem Autounfall vor sieben Jahren lieber chauffieren.

Doch heute bog der Fahrer an der Kreuzung auf den Highway ab, statt auf den Stanford Drive, und fuhr stadtauswärts. Rosebut protestierte, doch der Fahrer ignorierte ihn. Vor einem abgelegenen Haus wartete ein zweiter Mann auf den Wagen. Die Männer brachten den Direktor ins Haus, nahmen ihm ein paar Tröpfchen Blut ab und ließen ihn gefesselt und geknebelt zurück. Mit dem Blut und der Chipkarte für die Bank machten sie sich auf den Weg zu Doña María Torres.

KAPITEL 16

Luigi Longfinger

Um zehn vor neun fuhr Luigi Longfinger, Lucy Longfingers Cousin, wohnhaft in Santa Barbara, mit seiner *Rondine* die Straße hinunter. Er trug seinen schwarzen Anzug, ein weißes Hemd und hatte sich die Locken streng zurückgegelt. Auf der Nase saß die verspiegelte Sonnenbrille aus seiner Rockstar-Rolle im letzten Stück der Schauspielgruppe seiner Schule.

Luigi fand den Eingang durch die Lücke im Zaun, durchquerte den Park und folgte zwei Männern in schwarzen Anzügen mit weißen Streifen, mit Hüten auf dem Kopf und dicken Zigarren im Mund. Es ging abwärts unter die Geisterbahn, bis zu den Räumen, in denen das Gangstertreffen stattfand.

Luigi Longfinger mischte sich unter die Gangster. Er stellte sich zu einer Familie, sprach sie auf das Wetter an und quasselte in Toni-Manier drauflos. Er erzählte zwei Jungs in zu kleinen Anzügen Polizistenwitze und trug sich in die Anwesenheitsliste ein, nicht ohne dabei laut zu betonen, dass er heute seinen Onkel, Victor Longfinger, vertrat.

Luigi Longfinger imitierte die Art der Gangster zu reden und machte ihre Gesten nach. Der große Boss musterte Toni missbilligend. Als Scirpone und Froschauge etwas verspätet eintrafen, sahen sie einen im Raum pausenlos quasseln. Und dieser eine kam Scirpone irgendwie bekannt vor. Luigi Longfinger hatte aber Glück – Scirpone hatte keine Zeit, länger darüber nachzudenken. Er bekam eine Nachricht und verließ fies grinsend das Gangstertreffen. Froschauge folgte ihm.

Kapitel 17

Alles nach Plan

Ebenfalls um zehn vor neun stand Lucy am Fenster hinter der Gardine und wartete darauf, dass ihre Eltern die Villa verließen. Sie hatte gefrühstückt (danach war nur noch ein einziges Knäckebrot in der Dose gewesen! Morgen hatte sie Geburtstag!) und sich angezogen. Ihr Rucksack lag gepackt auf dem Bett neben ihrer Lederjacke. Und Toni musste jetzt unterwegs zum Gangstertreffen sein. Bei dem Gedanken an Toni hatte Lucy das Gefühl, einen Stein im Bauch zu haben. Hoffentlich ging alles gut bei ihm, und er quasselte nicht zu viel!

Gestern Abend hatte Lucy sich im Internet noch ein Foto von Bankdirektor Walter Rosebut angesehen, damit sie wusste, wie Torres mit der Maske aussehen würde. Rosebut war klein und kräftig, Torres auch. Er hatte einen dicklichen Bauch, ein rotes Gesicht und eine Glatze, die wie poliert aussah.

Lucys Handy plingte. Eine Nachricht von Toni! Er war am *Red Edge* angekommen. Gut. Daumen und Smiley zurück an Toni. Sie durfte jetzt nicht mehr an ihn denken, sie musste sich auf ihren Plan konzentrieren. Lucy ermahnte sich, Toni zu vertrauen. Er würde das schon schaffen. Er war ein guter Schauspieler.

Auf der Straße unten nahm Lucy eine Bewegung wahr. Ihre Eltern gingen zum Lieferwagen. Wo blieben denn die Longheris? Lucy hatte plötzlich feuchte Hände. Ihr Plan *musste* einfach funktionieren!

Da! Eine dunkelblaue Limousine hielt neben ihrem Vater. Das Fenster an der Fahrerseite glitt herunter. Am Steuer saß Mrs. Longheri.

Sie begrüßte ihren Vater durch das geöffnete Fenster. Lucy trat hinter den Vorhang zurück. Ihr Vater winkte ihre Mutter heran, die gerade die Tür zu ihrem Lieferwagen öffnete. Ihre Mutter zögerte. Dann schlug sie die Tür des Wagens wieder zu und ging zu Lucys Vater. Mr. Longheri stieg aus und öffnete die hintere Tür der Limousine. Lucys Mutter schüttelte den Kopf, aber ihr Vater redete auf sie ein und schob sie in die Limousine.

»Puh!« Lucy stieß erleichtert die Luft aus. Sie hatte Bedenken gehabt, dass ihre Eltern überhaupt einsteigen würden. Vor allem ihre Mutter. Die Limousine fuhr los. Lucy klatschte in die Hände. Teil eins des Plans war gelungen. Ihre Eltern waren ausgeschaltet! Ihr Handy plingte wieder.

Planänderung! Fahren mit zu den Longheris. Übernimm den Familienvorsitz heute bitte trotzdem! Sei vorsichtig! Ich hab so ein komisches Gefühl. Kuss Mum

Lucys schlechtes Gewissen regte sich. Aber sie hatte keine Wahl. Daumen und Smiley zurück an ihre Mutter. Lucy kam sich dabei wie eine Verräterin vor. Aber es war für einen guten Zweck, nämlich das Leben ihrer Eltern! Und ihnen würde nichts passieren. Sie würden nur einen schönen Ausflug machen.

Jetzt zu Teil zwei ihres Plans: Torres in der Bank die Maske klauen. Lucy hatte noch eine halbe Stunde, dann musste sie los. Sie setzte den Rucksack auf und stopfte die Mäuse in die Taschen ihrer Lederjacke. Sie hatte freie Bahn. Und da sie sowieso die Falltür öffnete, konnten die Mäuse auch ein paar Minuten Freilauf haben. In den letzten beiden Tagen hatte sie immer nur Futter in den Napf geschüttet und auch den Käfig nicht sauber gemacht.

Als Lucy unten im dunklen Tunnel stand und die Mäuse abgesetzt hatte, atmete sie tief ein und aus. In Gedanken ging sie noch einmal ihren Plan durch. Es war ganz einfach. Sie musste Torres finden und ihr auf den Fersen bleiben. Sobald sich eine Gelegenheit ergab, an die Maske zu kommen, würde sie zuschlagen. Nicht umsonst war sie Lucy Longfinger, die schnellste Diebin der Welt. Hm, was war eigentlich, wenn sie Torres die Maske vom Gesicht zog? Würde sie sich in ihren Händen in das Gewebe zurückverwandeln? Das wäre komisch!

So, genug Freilauf für heute. Lucy stieß einen kurzen Pfiff aus. Doch die Mäuse kamen nicht. Ausgerechnet heute! Lucy wurde nervös. Sie pfiff in die kleine Öffnung hinein, die in den angrenzenden Tunnel führte. Aber die Mäuse blieben verschwunden. Mist! Sie musste jetzt los, sonst konnte sie die Maske vergessen. Lucy holte ihre Taschenlampe aus dem Rucksack und drückte den Knopf in der Tunnelwand. Die Falltür schwang zu. Mussten die Mäuse halt warten, bis sie zurück war. Ihnen würde es gefallen.

In der nächsten Kurve plingte ihr Handy. Lucy zog es aus der Jackentasche. Gut, dass sie den neuen Mobile-Daten-Verstärker hatte. So hatte sie auch in den Tunneln Empfang. Hoffentlich war es keine schlechte Nachricht von Toni! Lucy blickte auf das Display. Und schrie auf.

Wir haben deine Eltern. Arbeite für Ratto, dann lassen wir sie laufen. Dein guter Freund Scirpone

Die Longheris … hatten ihre Eltern zu Ratto gebracht? Von wegen Ruhestand – sie arbeiteten auch für ihn! Lucy musste sich an der Tunnelwand anlehnen, so schwindelig wurde ihr. Diese miesen … Lucy zerdrückte fast ihr Handy. Hatten die denn überhaupt keine Ehre? Für diese Ratte zu arbeiten! Und sie hatte ihnen vertraut, ohne sie vorher noch mal zu checken! Wie hatte Lucy das passieren können? Sie würde sich rächen! Die Longheris würden spüren, was es hieß, sich mit einer Longfinger anzulegen! Sie *musste* sich rächen, das sagte schließlich auch der Kodex! *Ein Longfinger rächt sich immer, nur nicht an seiner Familie.* Punkt 29. Lucy seufzte. Plötzlich wich alle Energie aus ihr. Sie rutschte mit dem Rücken an der Tunnelwand herunter, bis sie auf dem Boden saß. Am besten, sie brach ihren Plan ab. Sie musste zuerst ihre Eltern finden! Aber wo sollte sie suchen? Sie konnten überall sein! Lucy zog die Beine an und verbarg ihr Gesicht zwischen den Knien. Tränen brannten in ihren Augen. Nein! Nicht weinen jetzt. Eine Longfinger weint nicht! Lucy ballte die Fäuste und dachte an Opa Luis im Bikini. Den Trick hatte sie von ihrem Vater: Musst du weinen, dann ball die Fäuste und denk an was Witziges wie Opa Luis im Bikini. Sie musste die Maske haben! Jetzt erst recht! Sie würde sie nicht Fujii geben, nein, sie würde sie Ratto geben. Für so ein wertvolles Gaunerwerkzeug würde er ihre Eltern garantiert freilassen! Sie brauchte die Maske mehr denn je! Ratto würde ihren Eltern nichts antun, bevor das Ultimatum ablief. Und das war nicht heute, sondern erst in zwei Tagen!

»Steh auf, Lucy«, sagte sie laut. »Du lässt dich hier so hängen, während Toni zwischen all den Gangstern sein Leben riskiert!« Da kam ihr ein Gedanke: Vielleicht konnte Toni auf dem Treffen herausfinden, wo das Versteck ihrer Eltern war! Mit zitternden Fingern tippte Lucy eine Nachricht an Toni.

Ratto hat meine Eltern! Finde raus, wo sie sind! LL

Lucy stellte das Handy auf Vibrieren ein, damit es sie nicht verriet, und steckte es ein. Sie würde sich jetzt die Maske holen. Und dann würde sie ihre Eltern befreien. Es wäre doch gelacht, wenn Quassel-Toni *ihr* alles aus der Nase ziehen konnte, aber das Versteck ihrer Eltern nicht herauskriegen würde! Er konnte es sicher aus den Gaunern herausquasseln. Lucy schniefte noch einmal. Dann stand sie auf und huschte weiter in Richtung Bank.

KAPITEL 18

Luigi Longfinger schlägt zu

Luigi Longfinger strich sich durch die gegelten Haare. Am Beamer stand ein Mann im weinroten Anzug, der die Aufklärungsstatistik von Verbrechen aus den siebziger Jahren mit heute verglich. Luigi Longfinger stöhnte. So viele Vorträge! Ein Gangstertreffen hatte er sich echt aufregender vorgestellt! Scirpone und Froschauge, von denen Luigi Longfinger nicht wusste, dass sie Scirpone und Froschauge waren, verließen den Raum.

Als Luigis Handy leise plingte, war es die Nachricht von Lucy. Ratto hatte ihre Eltern! Aber wie sollte er herausfinden, wo Ratto sie gefangen hielt?

Luigi Longfinger rutschte auf seinem Stuhl herum, als säße er auf einem Ameisenhaufen. Als eine Kaffeepause angekündigt wurde, flitzte er zur Toilette und tippte eine Nachricht in sein Handy.

Hast du eine Idee, wo ich nach dem Versteck suchen soll?
Toni

Lucy antwortete.

Durch die Tür 'Garderobe', erste Tür ist Rattos Raum. Such nach Nachrichten von Scirpone auf Laptop oder Handy. LL

Er schluckte. Aber er schrieb zurück:

Ich geb alles! Toni

Nach der Kaffeepause hörte Toni, wie Ratto eine der Kellnerinnen anwies, sein Laptop aus seinem Raum zu holen. Der Boss gab dem Mädchen einen Schlüssel. Luigi flitzte zur Toilette, zog sich seine Schürze über, schnappte sich in der provisorischen Küche der Cateringfirma ein volles Tablett und eilte zu der Kellnerin, die auf dem Weg zu Rattos Raum war. Genau vor dem Mädchen stolperte Luigi. In hohem Bogen flogen zwei Stücke Sahnetorte und drei Milchkaffees von seinem Tablett auf die entsetzte Kellnerin. Luigi Longfinger entschuldigte sich überschwänglich und bot dem verzweifelten Mädchen charmant an, Rattos Auftrag für sie zu erledigen, damit sie sich umziehen könne. Die junge Kellnerin nahm sein Angebot dankbar an und eilte davon. In Rattos Raum schaute Luigi sich die Nachrichten auf Rattos Laptop an. Es war nicht passwortgeschützt – unglaublich! Gerade ging eine neue Nachricht ein.

Haben Lucy Longfingers Eltern. Bringen sie auf die Black Swan. Sc.

Luigi konnte einen Freudenschrei nicht unterdrücken. Das war schneller gegangen, als er gedacht hatte! Er huschte aus dem Raum und rannte fast einen Mann mit nur einem Arm über den Haufen. Luigi Longfinger murmelte eine Entschuldigung und eilte weiter.

Er verließ das Gangstertreffen und fuhr mit seiner

Rondine in Richtung Hafen. Den einarmigen Mann im weißen Pick-up, der langsam hinter ihm herfuhr, bemerkte er nicht.

Kapitel 19

Die Maske

Kurz vor der Tiefgarage der Bank blieb Lucy stehen. Sie musste sich irgendwo verstecken. Bestimmt verwandelte Torres sich schon hier in den Direktor und nahm dann den Aufzug in die Bank. Lucy lief ein Stück zurück und fand eine enge Nische. Sie steckte ihre Taschenlampe ein und drückte sich in der Nische breitbeinig nach oben, ein Bein rechts und eins links an die Nischenwand gestellt. Als sie Schritte hörte, war sie erleichtert. Torres kam von der anderen Tunnelseite und musste nicht an ihr vorbei.

Die Mexikanerin blieb vor dem Durchgang stehen, der zur Tiefgarage führte. Lucy streckte den Kopf etwas vor und sah sie im Schein ihrer hellen Taschenlampe. Torres hatte die schwarzen welligen Haare kurz geschnitten. Sie trug einen schwarzen Anzug und ein weißes Hemd, schwarze Schuhe und Handschuhe und eine Aktentasche, die sie jetzt auf dem Boden abstellte. Ein kleiner Bauch wölbte sich unter der Anzugjacke hervor. Bestimmt ein Kissen. Um den Hals trug sie einen dunkelroten seidigen Schal. Torres öffnete die Aktentasche. Lucy hielt den Atem an. Jetzt würde sie die Super-Maske sehen!

Die Mexikanerin holte einen kleinen silbernen Koffer aus der Aktentasche. Der Koffer, nach dem sie suchen sollte! Torres klappte ihn auf, und Lucy spürte, wie ihre angespannten Beinmuskeln etwas müde wurden. Sie durfte jetzt nicht abrutschen! Torres zog ein zusammengeknülltes braunes Gewebe aus dem Koffer, das mit feinsten Silberstreifen durchzogen war wie ein Netz feiner Äderchen. Ein kleines quadratisches Feld zeichnete sich auf dem Stoff ab. Der Blutscanner! Lucy konnte sich absolut nicht vorstellen, wie aus diesem Stück Gewebe ein echtes Gesicht wurde. Aber gleich würde sie es sehen!

Torres griff wieder in die Aktentasche. Aha! Ein Röhrchen mit blutroter Flüssigkeit. Das konnte nur eins sein: das Blut von Bankdirektor Walter Rosebut!

Gebannt verfolgte Lucy, wie Torres einen Tropfen Blut aus dem Röhrchen auf den Blutscanner träufelte. Und dann … tatsächlich! Das Gewebe kam in Bewegung, als würde jemand hineinpusten. Gleichzeitig verfärbte es sich hautfarben und sah plötzlich ganz echt aus. Wie ein richtiges Gesicht! Lucy hätte schwören können, dass es sich auch genauso anfühlte. Eine Nase entstand wie von Geisterhand, und die Nasenspitze nahm ein dunkles Rot an. Und dann … Das war wirklich der Kopf von Walter Rosebut, wie Lucy ihn auf der Internetseite gesehen hatte. Ungesund rot, die Wangen mit geplatzten Äderchen und darüber die blanke Glatze. Genial! Torres hielt sein Gesicht in der Hand, als habe sie dem Direktor den Kopf abgeschnitten! Lucy schauderte. Ob Torres dazu in der Lage wäre? Sie verdrängte den Gedanken lieber schnell. Torres zog sich die Maske über den Kopf. Unglaublich! Da stand jetzt der Bankdirektor! Torres alias Rosebut band sich sorgfältig den Schal um den Hals. Das war schlau, so sah niemand den Übergang der Maske an ihrem Hals!

Die Mexikanerin zog einen kleinen Spiegel aus der Anzugtasche. Sie korrigierte den Sitz der Maske an den Augen und strich sich über den kahlen Kopf. Wie echt die Glatze aussah!

Torres nahm die Tasche vom Boden und ging in Richtung Tiefgarage. Das war auch höchste Zeit! Lucys Beine zitterten vor Anstrengung. Sie glitt aus ihrer unbequemen Position hinab. Ihre Beine fühlten sich ganz taub an. Lucy schüttelte sie etwas aus, bevor sie vorsichtig hinter Torres herschlich.

Da vorne tanzte das Licht von Torres' Taschenlampe. Lucy sah die Glatze auf der anderen Seite der Tiefgarage im Treppenhaus verschwinden. Nanu, nahm Torres nicht den Aufzug? Gerade als Lucy sich auch durch die Tür schob, hielten die Schritte auf der Treppe inne. Lucy blieb wie angewurzelt stehen. Torres kam zurück! Sie musste etwas gehört haben!

Da stürmte sie, also Rosebut, schon auf Lucy zu. Lucy stand da wie erstarrt. War sie zu laut gewesen? Oder hatte Torres etwas geahnt? Die Gedanken schossen durch Lucys Kopf, aber sie hatte keine Zeit, sich lange zu wundern. Sie drehte sich um und wollte losrennen, doch Torres erwischte sie am Arm. Jetzt oder nie! Lucy wirbelte herum und zog dem falschen Bankdirektor blitzschnell die Maske vom Kopf. Torres fluchte. Ihre schwarzen Augen funkelten wie glühende Kohlestückchen. Sie umklammerte Lucys Arm mit der einen Hand und griff mit der anderen nach der Maske. Lucy streckte sie weit von sich und trat Torres heftig gegen das Schienbein. Gleichzeitig biss sie ihr in den Oberarm, so fest sie konnte. Torres stöhnte und ließ los. Lucy riss die Tür zur Tiefgarage auf. Sie rannte schnell, doch Torres war ihr dicht auf den Fersen. Sie warf das Lasso nach ihr! Lucy sprang auf die Kühlerhaube von einem Sportwagen, der im Weg stand, lief über das Dach und sprang hinten wieder runter. Sie schlug Haken und warf sich flach auf den Boden, um blitzschnell unter den Autos durchzurobben. Das Gesicht des Bankdirektors hielt sie dabei fest umklammert.

Bald hörte Lucy die hallenden Schritte der Mexikanerin nicht mehr. Ha! Klar, dass sie schneller war, sie war ja auch kleiner, leichter und cleverer! Torres hatte sie aus den Augen verloren! Lucy lag unter einem Auto, hielt den Atem an und zählte bis zwanzig. Als sie die Tür zum Tunnelschacht aufgehen hörte, lugte sie unter dem Auto hervor. Sie sah schwarze Lackschuhe im Schacht verschwinden. Torres dachte wohl, Lucy sei schon durch die Tunnel geflohen. Falsch gedacht! Lucy grinste. Sie hatte die Maske! Sie hatte es geschafft! Zur Vorsicht blieb sie noch liegen. Erst nach einer ganzen Weile schob sie sich langsam unter dem Auto hervor. Die Tiefgarage war leer. Jetzt erst mal nach Hause! Dann konnte sie in Ruhe überlegen, ob sie die Maske … Da packte sie jemand von hinten an der Schulter und wirbelte sie herum. Im nächsten Moment drückte Torres Lucy ein Tuch ins Gesicht. Es roch so beißend, dass ihr die Tränen in die Augen schossen. Dann wurde es dunkel um sie herum.

KAPITEL 20

Kleine Helden

Es war stockdunkel. Lucy lag auf dem Rücken und bekam kaum Luft. Da war ein ekliges dickes Stück Stoff in ihrem Mund! Sie versuchte, es auszuspucken, aber sie schaffte es nicht. Der Boden unter ihr war hart und kalt. Und nass? Lucy wollte sich bewegen, aber ihre Füße waren gefesselt. Und ihre Hände auch. Sie waren über ihrem Kopf an etwas festgebunden. Plötzlich wusste Lucy alles wieder. Torres hatte ihr eine Falle gestellt! Das Herz schlug ihr bis zum Hals. Die Mexikanerin hatte sie mit ihrem Lasso gefesselt und hier abgelegt. In einem der dunklen Seitentunnel, wo niemand sie jemals finden würde! Panik stieg in ihr auf. Sie würde verhungern, nein, verdursten! Und ihre Eltern? Ratto würde sie foltern, um herauszukriegen, wo Lucy steckte. Und ihre Eltern konnten es nicht sagen, weil sie es nicht wussten. Lucy wurde schlecht, und sie sog immer hektischer Luft durch die Nase ein. Zählen! Sie musste zählen und sich nur darauf konzentrieren. Das hatte sie mal in einem Gangsterkurs gelernt. *Gefesselt, geknebelt, geflohen* hieß der Kurs. Zwanzig, einundzwanzig, zweiundzwanzig, Alarm aus. Vor ihrem Auge lief ein Film ab, wie diese ganze beschissene Sache angefangen hatte. Da hatte sie auch gezählt, die zweiundzwanzig Sekunden runter, bis die Falltür wieder zugeschnappt war. Als Scirpone und Froschauge ihr das Paket gebracht hatten. Weiterzählen, nicht aufhören. Dreiundzwanzig, vierundzwanzig. Nur an die Zahlen denken. Groß und fett und blutrot standen die Zahlen im dunklen Tunnel vor Lucys Augen. Wenn eine Zahl verschwand, tauchte die nächste auf. *Plöpp.* Fünfundzwanzig, sechsundzwanzig. Irgendwo tropfte Wasser. *Plöpp plöpp plöpp.* Lucy zählte im Rhythmus der Tropfen weiter. Neunundzwanzig, dreißig. Ihre Atmung wurde ruhiger. Wenn sie sich nur auf den Bauch drehen könnte!

Wie lange lag sie hier eigentlich schon? Zehn Minuten? Zwei Stunden? Oder sogar länger? Hoffentlich ging es ihren Eltern gut! Lucys Magen krampfte sich zusammen. Das war alles ihre Schuld! Vielleicht hatte Toni das Versteck herausfinden können? Aber alleine konnte er sie nicht befreien. Hoffentlich brachte er sich nicht in Gefahr! Auch wenn er Lucy fürchterlich nervte – sie wollte ihn nicht verlieren. Wenn sie hier jemals lebend herauskam, dann würde sie ihren Eltern sagen, dass Punkt 4 im Kodex geändert werden musste. Freunde waren wichtig! Eltern und Mäuse waren kein Ersatz für Freunde. Die Mäuse! Sie liefen doch noch in den Tunneln herum! Sie musste nach ihnen pfeifen! Aber wie zum Teufel sollte sie ihren dicken Knebel ausspucken, um zu pfeifen? Lucys Hoffnung zerplatzte wie eine Seifenblase. Sie stellte sich vor, wie Toni an ihrem Grab stand. Er stellte ihr einen Eisbecher auf die frische Erde. Mango mit Chili natürlich. Es sah so lecker aus. Lucy straffte ihre Muskeln. Nein, sie wollte das Eis zusammen mit Toni essen!

Sie versuchte, an dem Ding zu rütteln, an dem ihre Hände festgebunden waren. Es war bestimmt eins der alten Rohre, die es hier in den Tunneln gab. Wenn das Lasso nur etwas lockerer gewesen wäre, dann hätte sie sich auf den Bauch drehen können! Vor Anstrengung bekam Lucy kaum Luft. Aber sie machte weiter. Schweiß lief ihr das Gesicht herunter. Und plötzlich gab es einen Ruck! Das Rohr hatte sich ein Stück von der Wand gelöst! Sie ruckte noch mal mit aller Kraft daran und – yes! Scheppernd fiel es auf den Boden. Sie war frei … na ja, zumindest von dem Rohr. Und sie konnte sich auf den Bauch drehen! Sie hatte es tatsächlich geschafft! Lucy legte die Wange auf den kalten Tunnelboden und sog gierig Luft durch die Nase ein. Langsamer atmen, ruhig, Lucy! Sie wartete, bis ihr Puls sich wieder beruhigt hatte. Jetzt den Knebel ausspucken! Lucy spannte sich an, hob den Kopf und versuchte es. Sie schüttelte den Kopf wild hin und her und riss den Mund so weit dabei auf, dass ihr Kiefer knackte und es weh tat. Sie schob mit der Zunge nach und würgte. Und dann, ganz plötzlich, merkte sie, wie das dicke Tuch sich im Mund lockerte. Es rutschte etwas nach vorne! Lucy drückte weiter mit der Zunge und schüttelte so fest den Kopf, dass sie befürchtete, eine Gehirnerschütterung zu bekommen. Jetzt war das Stück Stoff weiter vorne. Lucy konnte mit der Zunge besser schieben und es dann ganz ausspucken. Das tat so gut, dass ihr vor Erleichterung die Tränen in die Augen schossen. Gierig atmete sie ein. Ihr Mund war staubtrocken. Konnte sie so pfeifen? Sie musste ohne Finger pfeifen. Das war schwierig. Sie hob den Kopf und versuchte es. Ein *Pfffffff* kam heraus, mehr nicht. Lucy rappelte sich auf, sammelte ein wenig Spucke im Mund, machte sich damit die Lippen nass und versuchte es noch einmal. Diesmal war es ein Pfiff, wenn auch ein sehr leiser. Lucy lauschte. Aber sie hörte nur das Tropfen des Wassers. *Plöpp plöpp plöpp plöpp tapp.* Tapp? Lucy pfiff noch einmal. Und jetzt hörte sie es genau – Trippelschritte! Dann spürte sie etwas an ihrem Bein. Und im selben Augenblick wusste sie, dass es Al Capone war! Diese Art zu schnüffeln, das Wibbelige, er war es, eindeutig!

»Da bist du ja!«, flüsterte Lucy. Noch nie in ihrem Leben war sie so froh gewesen, die Maus zu sehen. *Tapp tapp tapp* machten weitere kleine Mäusefüßchen. Lucy schnalzte mit der Zunge. »Kommt her. Hier! Knabbern!« Sie bewegte die Finger, um die Mäuse zu den Fesseln zu locken. Und wirklich, sie spürte, wie etwas zaghaft an dem Seil rupfte. Dann fühlte sie weiches Fell an ihren Fingern. Sie knabberten und rupften an den Fesseln herum! Bitte, lass keinen Duft dazwischenkommen, der sie weglockt, oder ein lautes Geräusch, das sie erschreckt! Lucy schickte Stoßgebete durch die Tunnel. Bitte, lass sie es schaffen. Zu Hause hatten die Mäuse bisher nur einmal ein Seil vollständig durchgeknabbert … Aber sie nagten und rupften und hörten nicht auf, und Lucys Hoffnung wuchs mit jeder Sekunde. Sie bewegte ihre Hände hin und her, um den Mäusen zu helfen, aber vorsichtig, um sie nicht zu verjagen. Und da! Die letzten Fasern rissen, und mit einem Ruck sprangen Lucys Hände auseinander. Sie war frei! Vorsichtig rieb sie sich die Handgelenke. Ihr Blick fiel auf den Rucksack. Torres war so sicher gewesen, sie gut gefesselt und geknebelt zu haben, dass sie Lucy nicht den Rucksack abgenommen hatte! Lucy grinste. Torres hatte sie unterschätzt! Und das alte Rohr überschätzt! Sie löste die Fesseln am Fuß, holte ihre Taschenlampe raus und knipste sie an. Vier ihrer Mäuse. Nur eine fehlte. Lucy untersuchte ihre Taschen. Sogar das Handy hatte sie noch! Torres hatte es wahrscheinlich sehr, sehr eilig gehabt. Es war keine Nachricht eingegangen. Lucy schaute auf die Uhr. Genau zehn Minuten nach zehn! Lange konnte sie also nicht hier gelegen haben, vielleicht eine dreiviertel Stunde? Ab zehn Uhr sollten die *Luyinh-Chin-Banknoten* im Tresorraum sein. Deshalb war Torres so nachlässig gewesen. Sie hatte keine Minute länger Zeit gehabt! Vielleicht holte sich Torres in diesem Moment die edlen Scheine aus dem Raum. Los, Lucy! Schnapp sie dir! Sie stand auf. Aber halt, die

Mäuse hatten sich erst eine dicke Belohnung verdient! Schnell holte sie einen ihrer Müsliriegel heraus und zerbröselte ein Stück davon auf dem Boden. Sie ließ die Tierchen die Krümel fressen, dann steckte sie eine Maus nach der anderen vorsichtig in ihren Rucksack. »Tut mir leid, aber wir haben noch einen wichtigen Termin!«

Lucy hatte Glück. Der Tunnel, in dem sie gelegen hatte, war nicht weit von dem Haupttunnel entfernt, der zur Bank führte. Torres konnte also noch nicht weg sein. Schließlich waren die Banknoten erst seit zehn Minuten da. Lucy beschloss, sich zu verstecken und auf Torres zu warten. Aber wo? Lucy stand noch unentschlossen da, als sie Schritte hörte. Sie rannte zurück in den dunklen Tunnel, im dem sie zuvor gelegen hatte, und drückte sich eng an die Wand. Die Schritte kamen näher. Ob es Torres war? Hoffentlich kam der Mexikanerin nicht in den Sinn, noch mal nach ihr zu sehen! Lucy hielt den Atem an. Sollte sie ihr Messer rausholen? Aber sie würde es ja doch nicht fertigbringen, es zu benutzen.

Die Schritte wurden leiser. Lucy atmete erleichtert aus und huschte aus dem Tunnel. Niemand zu sehen. Aber sie hörte die Schritte noch. Das konnte nur bedeuten, dass Torres im Haupttunnel zum Hafen unterwegs war. Lucy folgte dem Geräusch der Schritte. Hoffentlich war es überhaupt Torres! Sie lief schneller, um aufzuholen und sicherzugehen, dass sie nicht dem Falschen hinterherlief. Die Schritte vor ihr wurden lauter. Dann sah sie das tanzende Licht einer Taschenlampe. Noch näher ran … Ja, es war Torres. Sie trug den Anzug, die Schuhe – aber nicht mehr die Maske. Lucy konnte ihre dichten schwarzen Haare erkennen. Sie drückte sich eng an die Wand und ließ den Abstand wieder größer werden. Die Mexikanerin war auf dem Weg zum Hafen. Vermutlich wollte sie mit den wertvollen Geldscheinen sofort abhauen.

Torres nahm den Abzweig zum Yachthafen. Ob die Mexikanerin hier ein Boot liegen hatte? Plötzlich fiel etwas Licht von oben in den Tunnel. Lucy erkannte einen Schacht. Eine rostige Leiter führte nach oben, erst an der Tunnelwand entlang, dann weiter im Schacht. Torres nahm die Leiter und verschwand. Lucy wartete. Nicht dass sie Torres oben genau in die Arme lief! Langsam schlich sie sich an den Schacht heran und lugte hoch. Die Leiter war ziemlich lang. Torres war nicht mehr zu sehen. Hinterher! Lucy setzte die Füße ganz vorsichtig auf, damit die rostige alte Leiter bloß nicht quietschte. Oben angekommen, schob sie langsam den Kopf aus der Öffnung. Über ihr war etwas. Ein Boot. Es war ziemlich groß und stand in einer riesigen Halle. Wahrscheinlich in einer Werft am Yachthafen. Es gab dort zwei oder drei Werften, in denen Boote repariert wurden.

Lucy spähte in alle Richtungen. Da! Sie sah schwarze Hosenbeine mit schwarzen Schuhen aus einem Tor gehen. Das konnte nur Torres sein. Lucy wartete noch etwas. Dann krabbelte sie aus dem Schacht heraus und unter dem Boot hervor. Die Yacht war bestimmt dreißig Meter lang. *Paradise* stand in roten Buchstaben auf dem weißen Rumpf. Lucy huschte durch die große Halle zu dem Tor, durch das Torres verschwunden war. Als sie es öffnete, schlug ihr die Hitze entgegen und das helle Sonnenlicht blendete so, dass Lucy sich die Hand vor die Augen hielt. War das hell und heiß hier draußen! Und wo war Torres? Sie durfte Lucy auf keinen Fall sehen! Also schnell weiter! Zwei Männer in Arbeitsoveralls kamen auf sie zu. Einer trat Lucy in den Weg. »He, Mädchen, was hast du …!«

Lucy stemmte die Hände in die Hüften. »Ihr habt nicht schon wieder Pause gemacht!« Sie schüttelte den Kopf. »Dabei fehlt bei der *Paradise* noch die Antriebswelle im zweiten Getriebe! Wenn das der Chef sieht, gibt's Ärger!«

Der Mann trat zur Seite. »Aber wir haben doch …«

Die Männer sahen sich an. Lucy lief schnell weiter.

»He!«, rief ihr der andere Mann hinterher. »Was hast du hier zu suchen?«

Aber Lucy drückte sich schon eng an der Wand des nächsten Werftgebäudes entlang. Der typische Geruch des Hafens wehte ihr entgegen, eine Mischung aus Fisch, Seetang und Motoröl. Wo war Torres? Gegenüber vom Werftgebäude lagen kleine weiße Segelboote, die auf dem türkisblauen Wasser schaukelten. Weiter hinten in der Bucht lagen die größeren vor Anker. Lucy ließ ihren Blick über die Stege gleiten. Da! Auf einem Steg lief Torres! Lucy holte ihr Käppi aus dem Rucksack, setzte es auf und zog es tief in die Stirn. Dann huschte sie schnell hinterher. Torres stieg in ein kleines Motorboot. Lucy sprang auf das Segelboot direkt neben ihr und duckte sich. Torres warf den Motor an, und das Boot raste los. Die Mexikanerin nahm Kurs auf eine große schwarze Yacht, die etwas abseits der anderen in der Bucht vor Anker lag. Vorne prangte eine Galionsfigur, wie an einem Wikingerschiff, aber es war kein Drachenkopf. Lucy hatte keine Wahl. Sie musste hinterher. Sie kletterte aus dem Segelboot und lief den Steg entlang. Als sie an ein Motor-Schlauchboot der Wasserwacht kam, sprang sie hinein. Sie zog sich eine Weste und ein Käppi der *Mable Beach Lifeguards* über, die sie unter der Sitzbank fand. Ihr eigenes Käppi stopfte sie wieder in den Rucksack. Dann ließ sie den Motor an.

Torres ging jetzt an Bord der Yacht. Zum Glück schaute die Mexikanerin nicht zum Hafen zurück. Hoffentlich blieb das so, bis Lucy um die Yacht herumgefahren war! Sie lenkte das Motorboot auf die andere Seite. *Black Swan* stand in goldener Schrift auf dem schwarzen Bug.

Durch die großen Fenster des Steuerraums der Yacht sah Lucy zwei junge Männer in weißen Anzügen. Sie duckte sich und steuerte das Boot ans Heck der Yacht. Dort knotete sie es fest. Sie zog die Sachen von der Wasserwacht aus, kletterte die schwarze Eisenleiter hoch und schob sich vorsichtig über den Bordrand. Niemand war zu sehen. Lucy stieg über die Reling an Bord. Ihr Herz hämmerte. Da sah sie es. Die Galionsfigur! Es war … King Ratto! Lucy erstarrte. Es war seine Yacht! Torres brachte die Banknoten zu Ratto! Ob sie ihm auch die Maske gab? Bestimmt! Aber Lucy brauchte sie, um sie gegen ihre Eltern einzutauschen! Verdammt! Sie musste Torres sofort die Maske klauen und dann verschwinden! Das war ihre allerletzte Chance!

Lucy trat ins Innere der Yacht. Hier drin gab es nur eine Tür zum Steuerraum und eine Treppe nach unten. Alles war schwarz, die Tür, die Treppe, die Wände, die Decke. Sogar die Türklinke. Wo war Torres? Und war Ratto auch an Bord? Lucy entschied sich, die Treppe zu nehmen. Unten gab es zwei schwarze Türen. Vorsichtig öffnete Lucy die rechte. Vor ihr tat sich ein großer Raum auf mit einem Wasserbecken in der Mitte. Ein schmaler Steg führte über das Becken. Links und rechts waren Tribünen, wie bei einer Delfinshow. Über dem Becken baumelte an einem dicken Stahlseil ein Käfig. Moment mal, darin war doch jemand! Lucy schlich näher zum Käfig.

»Lucy?«

Lucy zuckte zusammen. Diese Stimme …! Das war doch … ihre Mutter? Nein! Das konnte nicht … Das durfte nicht wahr sein! Aber jetzt erkannte Lucy auch das Gesicht hinter den Gitterstäben, und ihr Herz setzte aus. Das Wasserbecken! Rattos Drohung! Konnte das etwa …? Sie schaute aufs Wasser. Viele kleine Fische tummelten sich darin. Fische mit vorgeschobenem Kiefer und spitzen Zähnen! Lucy zuckte zurück. Die Piranhas! »Wo ist … Dad?« Lucy hatte plötzlich solche Angst, dass ihre Zähne klapperten.

»Er liegt hier neben mir«, flüsterte ihre Mutter. »Er ist noch etwas benommen.«

»Mum«, krächzte Lucy. »Ich … Ich hol euch da raus.«

In diesem Moment hörte Lucy Schritte. Jemand kam die Treppe herunter! Hektisch sah Lucy sich um. Da, eine schmale Tür, die etwas offen stand! Obwohl ihre Beine weich wie Butter waren, schaffte Lucy es mit einem Riesensprung in den Raum. Mit einer Hand bekam sie noch die Tür zu fassen und zog sie hinter sich zu. Hier lagerten massenhaft Kartons. Langsam kroch Lucy hinter einen hohen Stapel und lauschte.

Draußen blieb es ruhig. Lucy überlegte. Sie musste jetzt zum Käfig schleichen und ihre Eltern befreien. Und sich dann die Maske holen.

Gerade als Lucy die Tür des Lagerraums öffnete, trat jemand ans Wasserbecken. Schnell zog sie die Tür wieder zu und schlich zurück hinter die Kartons. Draußen polterte es, dann hörte sie, wie eine Männerstimme sagte: »Na, ihr hungrigen kleinen Fische! Ihr müsst euch leider noch etwas gedulden, ich darf euch nicht füttern. Aber wartet ein halbes Stündchen, dann bekommt ihr was richtig Gutes zu fressen!«

Entsetzt wich Lucy zurück. Dabei stieß sie gegen den Stapel und ein Karton rutschte herunter. Gerade noch rechtzeitig fing Lucy ihn auf. Sie öffnete ihn, leuchtete mit dem Handy hinein – und hätte fast aufgeschrien! Sie presste sich die Hand auf den Mund. Der Karton war voller 100-Dollar-Scheine! Alle druckfrisch und unbenutzt. Das konnte doch nur Falschgeld sein! Und sie hockte hier mit mindestens fünfzig weiteren Kartons. Das waren Millionen! Endlich hatte sie gefunden, was sie brauchte! Dafür würde Ratto viele Jahre im Gefängnis schmachten! Lucy steckte sich ein paar Dollarscheine als Beweis ein. Sicher war sicher.

Kapitel 21

Matteo geht an Bord

Toni hatte seine Rondine an einer Laterne angeschlossen. Nun ging er zügig auf die Reihe quietschgrüner Tretboote zu, die an einem der Stege lagen. Er schaute sich kurz um, sprang auf das erste Boot in der Reihe, band es los und begann zu treten. Gut, dass er so viel mit seiner Rondine unterwegs war. Toni trampelte das Boot zügig hinter die *Black Swan* und band es neben einem orangefarbenen Rettungsboot der *Mable Beach Lifeguards* an. Super, die Wasserwacht war schon da! Lucy war sicher auch schon auf dem Weg.

Toni band sich die Kellnerschürze um, mit der er sich Zugang zu Rattos Raum verschafft hatte. Er holte einen Stapel Werbeblätter der Eisdiele aus seinem Rucksack und kletterte die Leiter hoch. Mit lockerem Schritt marschierte er zu den zwei jungen Männern in weißen Anzügen, die an Deck standen.

Von der Wasserwacht sind die nicht, dachte Toni, also erst mal vorsichtig sein. Er stellte sich als Matteo von *Star Fish Ice* vor. Ein Mr. Ratto habe ihn hierher bestellt, um das feurige Eisspektakel *Fire for Ice* zu besprechen, dass heute nach dem Dinner stattfinden sollte. Die schicken jungen Männer gaben ihm die Erlaubnis, sich den Speisesaal anzusehen. Sie wollten wohl nicht schuld daran sein, wenn der King heute Abend kein Eisspektakel bekam.

KAPITEL 22

Piranhas küsst man nicht

Lucy wollte gerade hinter den Kartons hervorkrabbeln, da hörte sie wieder Schritte. Sie spähte am Schlüssel vorbei durchs Schlüsselloch. Nein! Ihr Herz setzte einen Schlag aus. Nicht auch noch Toni!

Die zwei Männer in weißen Anzügen, die Lucy vorhin gesehen hatte, trugen Toni zwischen sich. Er war bewusstlos oder betäubt, denn sein Kopf hing vornüber und wackelte hin und her. O nein! Hilflos sah Lucy zu, wie sie Toni auf den Boden warfen. Sein Kopf knallte dumpf auf dem Boden auf. Lucy ballte die Fäuste.

Die Männer fesselten Toni Hände und Füße.

»Komm, gehen wir«, hörte sie den einen sagen. »Wir müssen in Rattos Kabine noch saubermachen. Und die Hemden sollen gefaltet werden und alle Türgriffe, das Bad und die Infrarotkabine desinfiziert werden.«

»Und wir dürfen nicht vergessen, ihm die Gesundheitskur hinzustellen und seine tägliche Ration Vitaminkapseln.«

»Stimmt. Er dreht durch, wenn die nicht da sind.« Im nächsten Moment knallte die Tür zu.

Lucy wartete ein paar Minuten. Sicher war sicher. Dann schlich sie hinter den Kartons hervor. Da hörte sie schon wieder die Tür! Sie spähte durchs Schlüsselloch und zuckte zusammen. War das Scirpone? War der nicht auf dem Treffen? Der hatte ihr noch gefehlt! Ganz langsam zog sie sich wieder hinter die Kartons zurück. Im gleichen Moment sah sie etwas aus der Tür des Lagerraumes huschen. Lucy hätte fast aufgeschrien. Al Capone! Nein! Sie hielt sich selbst den Mund zu.

»Was haben wir denn da? Eine Maus!«

Scirpone klang eiskalt wie immer. Lucy bekam eine Gänsehaut.

»Und ich weiß auch, wem sie gehört!« Scirpone lachte leise. »Da haben wir wohl die ganze Familie hier!«

Lucy begann zu schwitzen. Sie sah sich mit Scirpone und Froschauge im Flur stehen. *Er nimmt sich deine Eltern vor. Erst kommen die Fingerkuppen dran, dann die Zunge, du weißt schon. Seine hübschen kleinen Piranhas haben immer Hunger.* Diese Mistkerle!

»Lucy Longfinger! Komm sofort her!«, rief Scirpone und sah sich um.

Lucys Herz klopfte wie ein Presslufthammer.

»Hau ab, Lucy!«, rief ihre Mutter aus dem Käfig.

»Lauf, Lucy! Bitte!«, krächzte ihr Vater.

Scirpone lachte. »Klappe, Longfingers. Lucy, du Schlaumeier. Weißt du eigentlich, warum deine Eltern in diesem hübschen Käfig über diesem hübschen Becken mit diesen hübschen kleinen Fischen hängen?

Weil *du* nichts tust für sie! Weil du Rattos Ultimatum ignorierst! Ich rate dir, sofort aus deinem Versteck zu kommen. Ich steh an dem Hebel, der den Käfig runterlässt.«

»Egal, Lucy!«, rief ihre Mutter.

»Hör nicht auf ihn! Hau ab!«, krächzte ihr Vater.

Toni stöhnte was Unverständliches, er war wohl auch wieder bei Bewusstsein.

Das wird Scirpone nicht tun!, schoss es Lucy in den Kopf. Das ist Rattos Show! Sein Handlanger würde es nicht wagen, die Aktion ohne den Boss zu starten.

»Das wagst du nicht ohne Ratto!«, schrie sie und stürmte aus dem Lagerraum. Aus der Tür, die Treppe hoch. Sie musste sich die Maske holen! Fujii benachrichtigen! Hoffentlich waren die Männer der Bordcrew noch in Rattos Kabine!

Lucy lauschte an der Tür zum Steuerraum. Es war nichts zu hören, also huschte sie hinein. Da! Tatsächlich! Da lugte unter einer weißen Kapitänsmütze ein Zipfel braunes Gewebe hervor! Die Maske! Lucy stürmte hin und stopfte sie in ihre Jackentasche. Wo war Torres? Sie wirbelte herum und lief zur Tür gegenüber. Verstecken und Fujii rufen, hämmerte es in ihrem Kopf. Verstecken und Fujii rufen! Sie riss die Tür auf und – Scirpone stand vor ihr, ein Messer in der Hand. Er packte sie und drückte ihr das Messer an den Hals.

»Jetzt ist Schluss, Longfinger! Der Boss ist gleich da. Du bist sein Ehrengast! Die Piranhas haben seit Tagen nichts bekommen …« Er lachte. Dann ritzte er mit dem Messer in ihren Hals. Lucy schrie auf. Ein Tropfen Blut lief ihr den Hals herunter.

»Gib mir die Maske«, zischte Scirpone.

Mit zitternden Händen zog Lucy die Maske aus ihrer Jackentasche. Scirpone riss sie ihr aus der Hand.

Kapitel 23

Gangsterparkour

»Die coole kleine Longfinger am Ende!« Scirpone lachte leise. Er griff ihren Arm und gab ihr einen Tritt in die Kniekehle. »Los jetzt!«

Lucy stolperte vorwärts. Sie war den Tränen nah. Aber vor Scirpone würde sie sich eher den kleinen Finger abbeißen, als zu weinen! Denk nach, Lucy!

Wenn sie Ratto schwören würde, immer und ewig für ihn zu arbeiten, egal unter welchen Bedingungen? Ob er ihre Eltern dann gehen lassen würde? Oder … konnte sie sich doch noch befreien? Scirpone hatte das Messer. Aber er war klein und schmächtig. Lucy ballte die Fäuste. Sie ließ sich nicht alles wegnehmen, was sie hatte! Ihre Eltern, das Wichtigste in ihrem Leben! Und Toni. Er war ihr Freund! Der erste, den sie hatte! Nein! Sie gab nicht auf! Lucy hob ihr Bein an und trat Scirpone so heftig auf den Fuß, wie sie nur konnte.

»Ah!« Scirpone schrie auf und nahm kurz das Messer von ihrem Hals. Lucy brauchte eine Zehntelsekunde, dann hatte sie das Messer. Scirpone umschlang Lucy mit einem Arm und fuhr mit der anderen Hand an ihren Hals. Aber … er starrte auf seine Hand. Er hatte kein Messer mehr! Das warf Lucy hinter sich. Es knallte gegen die Wand. Jetzt, da es nicht mehr an ihrer Kehle war, wehrte Lucy sich noch viel mehr. Sie wand sich wie ein Aal, sie boxte, sie trat aus wie ein wütendes Pferd. Scirpone fluchte und lockerte seinen Griff etwas. Ein Fehler! Lucy biss ihm in den Arm. Scirpone heulte auf, ließ aber nicht los. Lucy trat schnell noch mal zu.

Wütend schlang der Gangster seinen Arm so fest um Lucys Hals, als wolle er sie auf der Stelle erwürgen. Dabei drängte er sie weiter die Treppe hinunter. »Mistkröte!«, fluchte er. Lucy grätschte immer wieder mit einem Fuß zwischen seine Füße und versuchte, sie beide zu Fall zu bringen, schaffte es aber nicht. Sie bekam immer schlechter Luft, so sehr drückte Scirpone zu. Er drängte sie in den großen Raum.

»Lucy!«, hörte sie ihre Eltern aus dem Käfig rufen. Es tat so weh, ihre Stimmen zu hören. Zu wissen, dass es ihre Schuld war, dass sie hier waren! Toni hob den Kopf und sah Lucy mit großen Augen an.

»Lucy!«, lallte er. »Du schaffst das! Du schaffst alles!«

Seine Worte gaben Lucy neue Kraft. Sie spannte die Muskeln an und kniff Scirpone dann so fest in den Bauch, dass er seinen Griff wieder kurz lockerte.

Diesmal reagierte sie noch schneller, ließ sich schwer nach unten fallen und biss ihm ins Bein. Dann riss sie Scirpone das Seil aus der Hand und machte einen Riesensprung auf den Käfig. Er schwang hin und her. Lucy stand trotzdem sicher, breitbeinig und locker in den Knien.

Scirpone sprang zum Hebel. Es gab einen Ruck, und der Käfig begann, langsam nach unten zu fahren.

Lucy rief: »Das würde ich nicht machen, bevor Ratto da ist! Er ist der Boss! Und außerdem ... Die hier darf bestimmt nicht nass werden!« Sie hielt die Maske hoch, die sie Scirpone wieder abgenommen hatte.

»Wie zum Teufel ...!«, schrie Scirpone.

»Spring!«, rief Toni.

In dem Moment sprang Lucy vom Käfig ab. Sie hörte ihre Mutter aufschreien, doch sie landete sicher auf dem schmalen Steg, der quer über das Becken führte. Na ja, nicht ganz sicher, der Steg kippelte, und Lucy stolperte nach vorne.

»Nein!«, schrie Toni.

Aber Lucy bog sich schon zurück wie eine Tänzerin, sie spannte alle Muskeln an und fing gerade noch ihr Gleichgewicht. Sie nahm zwei Schritte Anlauf, sprang ab und flog auf Scirpone zu, dem das Lachen im Gesicht gefror.

Lucy riss Scirpone mit um, und bevor er sie zu fassen bekam, war sie schon wieder auf den Füßen und am Hebel des Krans. Der Käfig machte einen Ruck, blieb kurz stehen und schwang dann zur Seite. Auf Scirpone zu. Der rappelte sich hoch, war aber zu langsam.

Lucy sah, wie Scirpone sich noch duckte, doch der Käfig traf ihn mit solcher Wucht, dass er zu Boden ging.

»Autsch!«, rief Toni. »Der ist k. o.!«

Lucy ließ den Käfig herunter und schaltete den Motor aus.

»Der Schlüssel hängt am Hebel!«, rief ihr Vater.

Tatsächlich! Lucy schnappte sich den Schlüssel. Dann warf sie ihre Lederjacke über Scirpone, der eine Platzwunde am Kopf hatte und sich nicht rührte. Sie riss die Maske aus ihrer Tasche, tauchte ihren Finger in Scirpones Blut am Boden und hielt ihn an den Blutscanner.

»Krass!«, rief Toni, als die Maske sich verformte und Scirpones Gesicht annahm. »Ich weiß, was du vorhast! Du willst …«

»Pst!«, machten Lucy und ihre Eltern gleichzeitig. Jeden Moment konnte Torres oder Ratto kommen!

Lucy zog sich die Maske über den Kopf und hörte, wie ihre Mutter entsetzt stöhnte. Lucy war jetzt Scirpone. Zeit, seine Jacke anzuziehen, hatte sie nicht. Aber sie hatte keine Perücke, um die Glatze abzudecken!

»Warte«, rief Toni. »Ich habe eine Mütze im Rucksack!«

Lucy sprang erst zum Käfig und schloss ihn auf.

»Lucy, schnell! Da kommt jemand!«, rief Toni.

»Bleibt noch drin!«, zischte Lucy ihren Eltern zu. Sie sprang zu Toni. Verdammt, was waren seine Fesseln festgezurrt! Endlich hatte Lucy sie gelöst. Sie zog die Mütze aus Tonis Rucksack und setzte sie auf. Keine Sekunde zu früh.

Ratto betrat den Raum. Es war, als schwappe eine Welle Böses herein. Lucy schauderte. Hoffentlich funktionierte ihr Plan. Toni hielt seine Hände auf dem Rücken zusammen, als wäre er noch gefesselt. Er spielte schon mal gut mit.

»Die Göre ist mir entwischt!«, rief Lucy mit verstellter Stimme und hielt sich dabei leicht hustend die Hand vor den Mund. »Sie ist im Lagerraum und will die Scheine zerreißen! Schnell!« Sie durfte Ratto auf keinen Fall zu nah kommen, sonst würde sie auffliegen.

»Du widerlicher Fiesling!«, rief Toni Lucy zu. »Lass Lucy in Ruhe!« Er spuckte sogar in Richtung ihres Scirpone-Kopfs!

»Das übernehme ich«, sagte der Boss und hob die Hand. Das lange Gesicht mit der unheimlichen Linie verzerrte sich hasserfüllt. Lucy lief ein Schauer über den Rücken.

Ratto hob sein Messer. Er machte einen Schritt in den Lagerraum. Lucy als Scirpone folgte ihm langsam.

Ein weiterer Schritt des Bosses in den Lagerraum. Jetzt war Lucy hinter ihm, warf die Tür zu, drehte den Schlüssel um, steckte ihn ein und schrie: »Das ist für meine Eltern und Toni und die arme Biene, du fiese Ratte! Und für alles andere!«

Ihre Eltern und Toni waren schon hinter ihr. Sie drängten Lucy aus dem Raum, die Treppe hoch. Rattos Stimme klang dumpf und voller Hass hinter ihnen her.

»Ich kriege dich, Longfinger! Du wirst noch betteln, für mich arbeiten zu dürfen!« Dann lachte er. Es klang wie das Lachen eines Irren.

Oben blieb Lucy kurz stehen. War Torres schon weg? Sie mussten vorsichtig sein! »Lauft zum Rettungsboot an der Backbordseite! Schnell! Ich komme nach!«

Aber ihr Vater schüttelte den Kopf. »Keine Extratour. Wir müssen weg hier! Und nimm endlich die Maske ab.«

»Keine Sorge«, rief Toni ihm zu. »Lucy weiß genau, was sie tut!« Er zwinkerte ihr zu und zog Lucys verdutzte Eltern mit sich. Lucy holte ihr Handy raus. Eine Nachricht war eingegangen.

18 Uhr, Tropical Island, als Rettungsschwimmerin, Kennwort: Neunzig Maulhelden helfen 402 Weicheiern. C. F.

Lucy grinste. Sie tippte blitzschnell eine Nachricht zurück.

Treffen nicht nötig! Maske auf der Black Swan im Yachthafen, im Lagerraum ist Falschgeld. Verhaften Sie Ratto, den Boss! Sie müssen blitzschnell sein! Und bringen Sie mir meine Lederjacke mit!

Dann lief sie zu Rattos Galionsfigur am Bug der Yacht und zog sich die Maske vom Gesicht. Sie zog ihr Messer raus, ritzte sich den Finger an und hielt ihn an den Blutscanner. Die Maske verformte sich. Sie nahm eine gesunde Hautfarbe an. Die roten Äderchen verschwanden. Die Nase verkleinerte sich. Die Ohren veränderten sich in schönere, etwas abstehende Ohren. Eine zweite Lucy Longfinger schaute sie an!

Lucy sagte zu ihr: »Gute Arbeit, Longfinger! Wie immer.« Sie zog die Maske über Rattos Kopf der Galionsfigur. Jetzt war sie der Boss!

Als Lucy die Leiter zum Boot der Wasserwacht hinabkletterte, jubelte Toni.

Torres' Boot war weg, dafür lag ein anderes hinter ihrem. Mit dem war bestimmt der Boss gekommen. Ihr Vater warf den Motor an. Ihre Mutter zog Lucy zu sich auf die Holzbank und legte einen Arm um sie.

»Mensch, Lucy! Stell dir vor, wir wurden entführt! Und ich dachte immer, die Longheris wären nicht auf Rattos Seite!«

Lucy konnte ihrer Mutter nicht in die Augen sehen.

Lucys Vater knurrte: »Der wollte uns zeigen, dass er der Stärkere ist. Damit wir für ihn arbeiten, wie alle anderen. Ich glaube nicht, dass er uns an die Piranhas verfüttert hätte.«

»Ich bin so froh, dass wir wieder zusammen sind«, sagte Lucy und seufzte tief.

»Ich auch«, sagte ihre Mutter. »Aber eins versteh ich nicht. Woher wusstest du, wo wir sind?«

»Berufsgeheimnis«, antwortete Lucy und grinste.

Das Boot näherte sich dem Anleger. Ihr Vater drosselte den Motor.

Lucy rief: »Fahr weiter! Nimm den nächsten Anleger!« Nicht, dass ihnen Fujii auf dem Steg entgegenkam!

»Warum denn?«, fragte ihr Vater verwundert, gab aber Gas. Toni klopfte Lucy auf die Schulter. »Danke, dass du mich gerettet hast. Ich hatte einen super Plan, aber irgendwer hat mich verraten! Vielleicht hat mich auf dem Gangstertreffen jemand gesehen …«

»Gangstertreffen? Sag mal, wer bist du überhaupt?«, rief Lucys Mutter da. Sie runzelte die Stirn. »Der Junge aus der Eisdiele?«

Lucy holte tief Luft. Dann nahm sie allen Mut zusammen. »Also, das ist Toni. Er hat mir geholfen und ich … ähm, wir sind … «

»Mist!«, rief ihr Vater da. »Polizei im Hafen!«

Lucys Mutter legte ihm eine Hand auf den Arm. »Wir haben nichts getan. Beruhig dich, Victor.«

Toni stieß Lucy an.

»Später«, sagte Lucy. »Versprochen.«

Sie hatten den nächsten Anlegesteg erreicht und sprangen alle vier aus dem Boot. Lucy schaute aufs Meer, zur *Black Swan*. Auf dem Deck sah sie drei Personen. Schnell zog sie ihr Fernglas aus dem Rucksack. Es war Fujii mit zwei Männern. Er war schnell gewesen! Der Agent stand an der Galionsfigur und nahm Lucys Maske ab. Er hob einen Arm und … winkte ihr zu! Lucy nahm erschrocken das Fernglas runter. Als sie es wieder an die Augen setzte, drehte Fujii sich gerade um und scheuchte seine Männer unter Deck. Lucy lächelte. Unten würden sie Ratto finden. Und eine Unmenge Falschgeld.

Kapitel 24

Darf ich vorstellen?

»Und der Sieger ist … Lucy Longfinger!«

Die Gangster klatschten verhalten, als Lucy den großen Goldbarren entgegennahm. Die meisten hätten ihn natürlich selbst gerne gehabt. Lucy freute sich trotzdem riesig. Heute war ihr Geburtstag und der letzte Tag des Gangstertreffens! Also mit Sicherheit der schönste Tag seit Wochen! Ohne Angst, ohne Ultimatum, ohne Ratto. Mit dem Wissen, dass sie ihre Eltern und Toni gerettet hatte! Heute Morgen hatten ihre Eltern sie mit einem tollen Geburtstagsfrühstück überrascht. Lucy hatte genüsslich das letzte Knäckebrot gegessen. Heute Nachmittag wollten sie in der Villa richtig feiern.

Masso hatte Ratto und auch Torres entschuldigt. Der Anwalt hatte sich aufgeführt, als sei es nun sein Treffen.

»Ich fahr nicht mit«, sagte Lucy zu ihren Eltern, als das Treffen endgültig zu Ende war und alle aus dem Saal drängten. »Ich muss noch was erledigen.«

»Schon wieder alleine durch die Tunnel?« Ihr Vater runzelte die Stirn.

»Lass sie. Wer es schafft, uns aus Rattos Fängen zu

befreien, der kann auch alleine durch die Tunnel laufen«, sagte ihre Mutter.

Lucy drückte ihr einen Kuss auf die Wange. In diesem Moment wurde ihr bewusst, wie lange sie das schon nicht mehr getan hatte. Ihre Mutter duftete nach Lavendel, wie früher schon, als Lucy noch so viel mit ihr geschmust hatte. Das tat gut! Lucy atmete tief ein. Dann flitzte sie los in die Tunnel.

Am späten Nachmittag war es furchtbar laut in der Villa Longfinger. Bunte Lichtblitze zuckten durch den Raum. Partymusik dröhnte aus den Boxen.

»Juchhu!«, rief Lucy und sprang aus dem Stand drei Flickflacks hintereinander auf dem Wohnzimmerteppich. Sie machte noch einen Rückwärtssalto für Fujii hinterher. Bestimmt verhörte er gerade Ratto in einem dunklen Kellerverlies! Und Scirpone kriegte ohne den Boss nichts hin, der war keine Bedrohung mehr für sie.

Lucys Vaters tanzte neben Lucy, den Goldbarren trug er dabei auf den Händen wie ein Baby. Auf dem Wohnzimmertisch stand die Geburtstagstorte. Der Zuckerguss-Schriftzug *Lucy 13* war etwas verlaufen. Lucy hatte nämlich ihre Überraschung aus der Torte geschnitten. Und sich riesig gefreut. Es war ein Gutschein für einen Trip mit ihren Eltern in die Rocky Mountains. Noch in diesen Ferien! Ihr Vater hatte gesagt: »Ich glaube, das ist schon lange mal wieder fällig, oder?«

Neben der Torte lag das neue Handy, das Lucy bekommen hatte. Miss McPie saß stolz auf ihrer Stange und präsentierte ihr neues Gefieder. Bei Familienfeiern wurde sie immer ins Wohnzimmer getragen, ob sie wollte oder nicht. Cash wartete unter dem Wohnzimmertisch auf Pizzaränder. Und die Mäuse tanzten auf dem Tisch. Sie waren wieder vollzählig. Lucy hatte gestern Abend in den Tunneln nach ihrer vermissten Maus gepfiffen, und die Kleine war schließlich freudig fiepend zurückgekommen.

Lucy nahm sich gleich zwei Stücke Thunfischpizza, auch wenn ihr Magen ganz kribbelig war. Sie erwartete Besuch! Bei sich zu Hause in der Villa Longfinger! Eine Premiere in den zweihundert Jahren, in der die Villa stand, und eine Premiere, seit es den Kodex gab! Niemand in der Familie Longfinger hatte jemals einen Freund gehabt, geschweige denn nach Hause eingeladen! Aber Freunde wie Toni, der sein Leben für sie riskiert hatte, hatten es verdient, dass man zu ihnen stand. Kodex hin oder her.

Das Kribbeln im Lucys Bauch wurde immer stärker. Wie würden ihre Eltern reagieren? Sie schielte auf die Uhr. Noch zehn Minuten. Toni war bestimmt pünktlich. Es war ja sein Wunsch gewesen, die Villa und ihre Eltern näher kennenzulernen.

Ihre Mutter kam ins Wohnzimmer. Sie nahm die Krähe auf die Schulter und tanzte mit ihr herum. In ihrem ärmellosen Sommerkleid sah sie wunderschön aus, fand Lucy.

»Polonaise!«, rief ihr Vater da und setzte sich an die Spitze. Lucys Mutter hängte sich dran, und Lucy legte die Hände an die Taille ihrer Mutter. Im Rhythmus der Musik tanzten sie um den Tisch. Da ertönte die Türglocke. Lucys Vater blieb so abrupt stehen, dass Lucys Mutter und Lucy aufliefen. Sofort ging der Alarm los.

»Wer stört uns denn ausgerechnet jetzt?«, rief Lucys Vater.

Cash bellte. Die Musik verstummte automatisch, das Klavier rollte zur Seite, und die Falltür öffnete sich.

Ihr Vater lief zur Haustür. »Still, Cash!«

Lucy beeilte sich hinterherzukommen. In ihrem Bauch kitzelte es, als flatterten Fledermäuse darin herum. Sie wusste genau, wen das Bild der Türkamera zeigen würde. … 21, 22. Alarm aus. Als die Falltür zuschnappte und das Klavier darüber glitt, waren sie vorne im Flur.

»Das ist doch wieder dieser Junge!«, rief ihr Vater und zeigte auf die Türkamera. Ihre Mutter schüttelte ungläubig den Kopf.

»Ja«, sagte Lucy und fasste den Arm ihres Vaters. »Dad, hör mal, ich muss euch etwas sagen.« Sie holte tief Luft, während ihre Eltern sie anstarrten. »Also«, begann Lucy und zeigte auf Tonis strahlendes Gesicht auf dem Display. »Ich möchte euch jemanden vorstellen.« Sie marschierte zur Tür und hakte die Kette aus.

»Halt!«, schrie ihr Vater, aber Lucy öffnete bereits die Tür. Toni hüpfte herein, umarmte Lucy kurz und marschierte dann auf ihre Eltern zu. Lucy hielt den Atem an. Cash lief wedelnd zu Toni.

»Na, mein Freund!«, rief Toni und dann streckte er Lucys Mutter die Hand hin. »Ich freue mich, Sie endlich richtig kennenzulernen, Mrs. Longfinger.«

»Cash! Hierhin!«, sagte Lucys Mutter.

Cash blieb neben Toni. Oje! Das lief nicht gut.

»Mr. Longfinger!« Toni wandte sich strahlend Lucys Vater zu. »Ich habe schon viel von Ihnen gehört.« O nein! Konnte er nicht *einmal* nachdenken, bevor er losplapperte?

Lucys Vater sah seine Tochter streng an. Lucy lächelte und stellte sich neben Toni. »Ja, also, ich wollte euch ja jemanden vorstellen. Also, ... das ist Toni.« Sie stockte. »Toni Morelli!« Lucy bemühte sich, fröhlich zu klingen. »Wir haben uns in der Eisdiele kennengelernt und ...«

»Also doch!«, rief ihre Mutter. »Du hast mich angelogen!«

»Obacht!«, kreischte die Krähe aus dem Wohnzimmer. »Ein Longfinger muss lügen, dass sich die Balken biegen. Nur nicht innerhalb der Familie! Punkt 8 im Kodex!«

»Mann, ich will es doch gerade erklären«, rief Lucy.

Ihr Vater schüttelte den Kopf.

»Also, Toni ist kein Gangster, okay. Aber er hat mir geholfen, euch zu finden und euch zu befreien. Ihr könnt euch nicht vorstellen, was er alles für mich riskiert hat ...«

Toni strahlte. »Ich hab mich als Gangster verkleidet! Ich

sah richtig gut aus! Ich war Luigi Longfinger, Lucys Cousin aus San Francisco, und ich hab unsere Familie, ich meine, Ihre Familie natürlich, vertreten, und dann …«

»Toni!«, rief Lucy. Er quasselte sich wieder um Kopf und Kragen! »Was Toni damit sagen wollte, ist …«

»Lucy!« brauste ihr Vater auf. »Sag, dass das nicht wahr ist.«

»Cousin aus San Francisco!«, stöhnte ihre Mutter.

»Vertraue keinem, der sich als Cousin ausgibt!«, schrie die Krähe aus dem Wohnzimmer. »Punkt 27 im Kodex!«

»Stopp!«, brüllte Lucy. »Jetzt rede ich!«

Ihr Vater verschränkte die Arme vor der Brust. Ihre Mutter machte es ihm nach.

»Hört mir bitte zu! Unser Kodex ist aus dem Jahr 1434. Manche Punkte sind einfach veraltet. Dass ein Longfinger keine Freunde haben darf …« Lucy sah ihre Eltern nacheinander an. »Wisst ihr überhaupt, was das für mich bedeutet? In der Schule, und überhaupt? Ihr seid beide mit Geschwistern aufgewachsen. Aber ich bin alleine!«

»Du hast Cash und die Mäuse. Und uns«, sagte ihre Mutter. Sie zog einen Schmollmund wie ein kleines Kind.

»Ihr habt nie Zeit, und mit Cash kann ich nicht ins Kino gehen! Alle in meinem Alter haben Spaß zusammen, alle unternehmen was – und ich? Ich steh daneben und tu so, als würde es mir nichts ausmachen, wenn die anderen sich verabreden.«

»Ich denke, du hasst Kino«, sagte Toni.

Lucy blitzte ihn an. »Jetzt fall du mir nicht noch in den Rücken!«

»Schluss jetzt!«, sagte ihr Vater. Er trat zu Toni und legte ihm einen Arm um die Schultern. Lucy konnte es nicht fassen. Ihr Vater hatte es tatsächlich verstanden? Aber ihr Vater führte Toni zur Haustür. Dann drehte er sich zu Lucy um und lächelte sie traurig an.

»Hör zu, Lucy. Wir haben dich sehr lieb, das weißt du. Aber … der Kodex ist wichtig. Nur weil wir ihn haben, leben wir sicher.«

»Das weiß ich doch!«, rief Lucy. »Aber ich will doch nur …«

Ihr Vater unterbrach sie. »Wir müssen den Kodex befolgen. Weil er Sicherheit bedeutet. Und du weißt ja, dass Punkt 28 lautet: Wer gegen den Kodex verstößt, kommt in den Kerker.« Er griff nach der Türklinke. »Da wir natürlich nicht wollen, dass jemand in den Kerker …«

In diesem Moment kam kreischend die Krähe herbeigeflogen.

»Kerker! Wer gegen den Kodex verstößt, kommt in den Kerker! Punkt 28 im Kodex!« Die Krähe streifte Lucy im Flug mit ihren Krallen am Kopf, und Lucy hätte schwören können, dass das volle Absicht war. Miss McPie flog auf den dicken roten Alarmknopf an der Wand über der Türkamera. Dann hackte sie mit dem Schnabel oberhalb des Knopfes an die Wand. War da noch ein Knopf? Dann ging alles rasend schnell.

»Nein!«, rief Lucys Vater. »Nicht!«

Im nächsten Moment rauschte Toni schreiend in die Tiefe.

»Nein!«, schrie Lucy. Sie sprang an den Rand des Lochs, das sich da im Boden vor der Haustür plötzlich aufgetan hatte. Sie hatte nicht mal gewusst, dass es an dieser Stelle eine Falltür gab!

»Toni!«, rief Lucy in das Loch, und ihre Stimme überschlug sich.

Sie spürte eine Hand auf ihrer Schulter. Ihr Vater war neben ihr und rief ebenfalls in das Loch. »Hallo da unten! Ist alles okay?«

Es kam keine Antwort. Ihre Mutter verjagte die kreischende Krähe aus dem Flur.

»Er antwortet nicht!« schrie Lucy. »Ist er etwa …?«

»Es ist ihm nichts passiert«, beruhigte ihr Vater sie. »Warte!« Er holte eine große Taschenlampe aus seiner Tasche an der Garderobe. Damit leuchtete er in das Loch im Boden vor der Haustür. Überall waren dicke weiße Spinnweben. Die Luft, die nach oben drang, roch muffig. Toni lag auf einem Haufen alter Säcke. Er blinzelte in das Licht der Taschenlampe und wimmerte leise.

»Die Krähe kann nichts dafür«, sagte Lucys Mutter und zuckte hilflos mit den Schultern. »Dein Großvater hat ihr beigebracht, den Knopf für die Falltür zu betätigen, immer wenn jemand Punkt 28 über den Kerker zitiert. Eigentlich ist sie doch echt schlau, unsere Miss McPie, oder?« Sie grinste etwas schief.

Lucy starrte in das Loch. »Also findet ihr, dass Toni gar nicht in den Kerker gehört? Akzeptiert ihr ihn als Freund?«

Ihr Vater räusperte sich. »Das mit dem Kerker wollten wir natürlich nicht. Aber … also … Toni als Freund akzeptieren können wir trotzdem nicht, weil …«

»Dann gehe ich auch in den Kerker! Das habt ihr nun davon!« Lucy blitzte ihre Eltern an. Dann sprang sie kopfüber in den Kerker, wie sie es in der Parkourhalle immer machte. Sie rollte auf den Säcken neben Toni aus.

»Lucy!«, schrie ihre Mutter.

»Komm sofort da raus!«, rief ihr Vater. Wie stellte er sich das vor? Die Wände waren bestimmt drei Meter hoch!

Lucy rappelte sich hoch. »Alles in Ordnung bei dir?«, fragte sie Toni. »Tut mir leid, wirklich! Das wollten meine Eltern nicht, das war die Krähe!«

Toni rieb sich den Knöchel. Dann sah er Lucy an. »Ich glaub, jetzt hab ich verstanden, wie wichtig der Kodex für deine Familie ist.« Seine Stimme wackelte. »Aber ich will hier nicht verhungern!«

»Keine Sorge, die lassen gleich ein Seil runter.«

»So, Lucy«, rief ihr Vater. »Ich lass jetzt ein Seil runter. Du kletterst zuerst hoch, dann dieser Toni, hörst du?«

Kurz darauf baumelte ein dickes Seil neben Lucy.

»Ich komm nicht hoch! Ich bleib hier unten, bis ihr sagt, dass ihr Toni als Freund akzeptiert!«, rief Lucy.

»Lucy Longfinger! Du bist verrückt geworden!«, schimpfte ihr Vater.

Er verschwand vom Loch. Lucy hörte, wie ihre Eltern diskutierten. Es gab einen Ruck am Seil. Im nächsten Moment ließ ihr Vater sich fluchend zu ihnen herunter. Er plumpste auf die Säcke neben ihnen. Lucys Mutter sauste hinterher.

»Au, meine Hände«, jammerte sie.

»Komm schon, Lucy.« Ihr Vater seufzte. »Wir wollen dich nicht verlieren.« Lucy schaute ihn erwartungsvoll an. Er hüstelte und nuschelte: »Also gut, meinetwegen.«

»Meinetwegen was?«, hakte Lucy nach.

»Meinetwegen ist er dein … Geraldine, sag du es ihr. Schließlich war es deine Idee.«

Lucys Mutter räusperte sich. »Tja, also, der Kodex sagt in Punkt 4: Keine *Freunde* außerhalb der Familie. Wie wäre es, wenn wir diesen Toni hier«, sie zeigte mit dem Finger auf Toni, »einfach als *Bekannten* bezeichnen? Dann wäre das Problem doch gelöst, oder?«

Lucy sah von einem zum anderen. Sie kamen ihr tatsächlich entgegen. Aber … Toni war kein Bekannter!

Lucy schüttelte den Kopf. »Ich weiß was Besseres«, sagte sie. »Wir beantragen eine Änderung in diesem Punkt! Und zwar in: Freunde außerhalb der Familie müssen schweigen wie ein Grab.«

Ihrem Vater klappte der Kiefer herunter.

»Lucy, du weißt doch … Noch nie hat jemand …«, stammelte er.

»Ich weiß«, sagte Lucy. »Aber Punkt 34 lautet: Es ist jedem Longfinger ab 12 Jahren erlaubt, Änderungen des Kodex zu beantragen. Und wann gibt es Änderungen? Es muss nachweisbare Gründe geben, dass ein Punkt im Kodex das Leben eines Longfingers unerträglich macht. Was unerträglich heißt, beurteilt das Longfinger-Gremium.« Sie grinste. »Ich kenn den Kodex auch.«

Ihre Eltern sahen sich an.

»Ist dein Leben denn wirklich unerträglich?«, fragte ihre Mutter.

Lucy nickte. Okay, unerträglich war vielleicht etwas übertrieben …

»Aber …«, sagte ihr Vater. »Seit 1434 hat niemand … Wir wären somit die Ersten …«

»Puh!«, sagte ihre Mutter.

Lucy fiel ihr um den Hals. »*Puh* heißt ja, stimmt's?«, rief sie. Dann umarmte sie ihren Vater. Dabei purzelten sie fast von den Säcken. »Ich weiß, das ist ein bisschen Arbeit! Aber ich helf auch, ja? Das schaffen wir! Und es ist ja nur eine klitzekleine Änderung!«

»Oje«, stöhnte ihr Vater. »Hoffentlich muss ich mir das nicht den Rest meines Lebens von meinem Großonkel Rupert vorhalten lassen! Der sitzt nämlich im Gremium.«

»Aber kann mir mal einer sagen, warum ich das mit der Falltür nicht gewusst habe? Ich hätte mir einigen Ärger ersparen können!«, rief Lucy.

»Was für Ärger denn?«, fragten ihre Eltern gleichzeitig.

»Ach, egal!«, grinste Lucy. »Darf ich endlich vorstellen? Toni Morelli! Ein … ähm … *Freund.* Nein! Der beste Freund, den man sich vorstellen kann!« Sie nahm Tonis Hand und drückte sie ganz fest.

Kapitel 25

Der Strafzettel

»Weißt du was, Mama?« Lucy stopfte die Knäckebrot-Packung in den Altpapierkorb. »Kauf nie wieder Knäckebrot! Ich hasse Knäckebrot!«

Lucys Mutter zog die Augenbrauen hoch. »Das ist ja ganz was Neues! Aber schön! Ich esse sowieso lieber Vollkornbrot.«

»Ich fahr gleich zu Toni in die Eisdiele. Ich helf ihm heute.«

»Du?« Ihre Mutter zog die Augenbrauen hoch. »Eisbecher dekorieren, so mit Streuseln und Soße und so?«

»Ob du's glaubst oder nicht, ich kann das sogar gut!«, rief Lucy und knuffte ihre Mutter an den Oberarm.

»Aha«, sagte ihre Mutter. Lucy wusste genau, dass sie sich noch an die Freundschaft mit Toni gewöhnen musste – aber sie bemühte sich. Dann lächelte ihre Mutter. »Und ich hol gleich die Töpferscheibe ab, die ich bestellt habe.«

Lucy sprang die Treppe hoch. In ihrem Zimmer warf sie einen Blick auf den Mäusekäfig. Er musste sauber gemacht werden. Das hatte aber Zeit bis später. Lucy suchte ihr Käppi. Sie kramte auf dem Bett unter den Kissen, einer leeren Chipstüte und den Geheimdienstutensilien von Fujii. Ihr Zimmer hatte schon mal ordentlicher ausgesehen. Aber so war es gemütlicher. Und sie hatte auch gar keine Zeit mehr aufzuräumen. Toni wartete bestimmt schon! Kurz blieb Lucys Blick an den Fotos hängen, die sie gestern Abend ausgedruckt und über ihrem Bett aufgehängt hatte. Ihre Eltern und sie beim Essen der Geburtstagstorte, Cash und ihre Mäuse, Lucy und Toni in der Eisdiele. Sie trug ihre Lederjacke. Und sah wirklich cool aus damit. Sie vermisste die Jacke. Wann Fujii ihr die wohl zurückgeben würde?

Wenig später raste sie die Straße runter. Es waren schließlich noch Ferien, und die sollte sie jetzt echt genießen. Erst wollten sie zusammen mit Tonis Rondine Eis ausliefern. Am Nachmittag wollten sie vielleicht ins Kino gehen (eigentlich mochte sie Kino nämlich) oder mit Cash in den Park. Und sie hatte Toni versprochen, ihm vorzuführen, wie ihre Mäuse ein Seil durchknabberten.

Lucy bog in die Hafenpromenade ein. Tat sich schon etwas gegenüber der Eisdiele? Aha, das große Bauschild von *Starfish Ice* lag auf dem Boden. Und Lucy sah drei Männer in weißen Schutzanzügen am Haus. Es schien alles nach Plan zu laufen.

Vor der Eisdiele warf Lucy ihr Rad auf den Gehsteig. Toni erwartete sie schon. Er riss die Tür auf und strahlte sie an. »Ich freu mich so!«

Und bevor Lucy etwas sagen konnte, plapperte er weiter. »Ich hab tolle Nachrichten!«

Hinter der Theke stand Crick. Er lächelte Lucy zaghaft an. Lucy lächelte zurück. Hoffentlich vergraulte er den Morellis nicht die Kunden mit seinen Eisbechern. Toni zog Lucy zur großen Scheibe.

»Schieß los!«, sagte Lucy.

»Stell dir vor, nein, das kann man sich kaum vorstellen, ich bin so glücklich! Also, mein Vater …«

»Toni! Komm zur Sache!«

»Ja. Also, drüben war heute der Teufel los. Zwei Wagen von der Stadt, Denkmalamt stand drauf, und vier Männer. Sind ins Haus. Wenig später der nächste Wagen. Ein großer Kastenwagen vom Archäologischen Museum Los Angeles. Männer in weißen Anzügen. Das Schild wurde abmontiert. Und dann ist mein Vater rüber und hat gefragt.«

»Und?« Lucy konnte es kaum erwarten.

»Stell dir vor, die wollten was vermessen und haben dabei im Garten eine Friedenspfeife gefunden. Die soll echt sein und vom Stamm der Kayuten. Von denen wusste man gar nicht, dass sie in diesem Gebiet gelebt haben. Das würde eine ganz neue Theorie begründen, wie die Ureinwohner sich verbreitet haben.«

»Echt?«

»Ja!«

»Cool!« Lucy nickte schmunzelnd.

»Mein Vater sagt, dass erst mal weitere Grabungen stattfinden. Vielleicht wird das Haus sogar mal ein kleines indianisches Museum.« Toni lachte.

»Das ist ja grandios!«, rief Lucy und ließ sich auf einen Stuhl plumpsen.

»Allerdings.« Toni grinste. »*Starfish Ice* wird da drüben definitiv keine Eisdiele aufmachen!«

»Na bitte«, sagte Lucy zufrieden. »Wenn du denkst, es geht nicht mehr, kommt von irgendwo ein Pfeiflein her!«

Toni runzelte die Stirn. »Lucy? Hast du etwa …?

»Ich? Was sollte ich mit einer Friedenspfeife zu tun haben!« Lucy zwinkerte ihm zu. Toni schnappte nach Luft. Da klopfte es an der Scheibe. Lucy zuckte zusammen, aber es war nur eine kleine Polizistin in Uniform. Sie zeigte auf Lucys Rad und wedelte mit einem Zettel. Das durfte doch nicht wahr sein! Lucy sprang auf und stapfte zur Tür. Die Frau gab Strafzettel für falsch geparkte Fahrräder? Der würde sie was erzählen!

»Junges Fräulein, das ist ja nun nicht das erste Mal, dass du dein Rad einfach auf den Gehsteig wirfst«, näselte die Polizistin. »Die Fußgänger werden erheblich behindert. Dafür gibt es jetzt ein Bußgeld. Und sofort das Rad aufheben!«

Lucy pflückte der Polizistin den Strafzettel aus der Hand, zerknüllte ihn und stopfte ihn in die Hosentasche. »Ist es so richtig?« Sie hob ihr Rad auf und drückte es so fest in den Fahrradständer, dass eine Speiche verbog.

Die Polizistin grinste. »Wir lernen alle aus unseren Fehlern. Früher oder später«, sagte sie und schlenderte davon.

Lucy stürmte in die Eisdiele.

»Was grinst du denn so!«, rief sie Toni zu.

Toni prustete los. »Tut mir leid, aber ich glaube, du bist die Erste, die dafür einen Strafzettel bekommt! Wie viel musst du bezahlen?«

Lucy strich den Zettel glatt. Auf dem Zettel stand:

Gute Arbeit, Longfinger. Danke für die Maske. Falschgeld sichergestellt. Ratto im Gefängnis. Captain Fujii

»Jippie!«, jubelte Lucy los. Ratto im Gefängnis! Die Longfingers waren frei! Sie lief zu Toni und hob ihn hoch.

»He!«, rief Toni. »Lass mich runter!« Aber er sah eigentlich ganz zufrieden aus.

»Sie haben ihn!«, rief Lucy und stellte Toni wieder hin. Sie sah, wie Crick hinter der Theke große Augen machte. Sie musste sich zusammenreißen. Lucy zog Toni ein Stück weiter weg und hielt ihm den Zettel hin.

»Lies selbst! Die Polizistin war Fujii! Ich hab ihn nicht erkannt!«

Toni klatschte in die Hände und hüpfte auf und ab. »Ich freu mich so! Du bist Ratto los! Du brauchst nie wieder Angst zu haben!«

»Aber meine Lederjacke hat er vergessen«, brummte Lucy.

»Du bist auch ohne cool genug«, sagte Toni. »Und jetzt essen wir erst mal Eis.« Er strahlte Lucy an.

»Gute Idee. Heute nehm ich mal … lass mich überlegen … Mango mit Chili! Fünf Kugeln, bitte. Für uns beide!«

»Selbstverständlich!« Toni strahlte und tanzte rückwärts zur Theke. Crick stand der Mund offen. Toni baute noch eine Drehung ein und stolperte über einen Stuhl.

Lucy verdrehte die Augen. »Aber schnell bitte! Ich muss mir ja noch meine Lederjacke zurückholen! Kommst du mit?«

Sechs Wochen später

Nach der Schule radelte Lucy pfeifend nach Hause. In der zweiten Pause hatte sie Toni am blauen Kiosk getroffen. Sie hatten sich für heute Abend zum Kino verabredet. Es lief ein neuer Gangsterfilm. Der Verkäufer im Kiosk hatte verdächtig nach Fujii ausgesehen. Aber da musste sie sich getäuscht haben. Dieser Auftrag war ja der letzte des alten Asiaten gewesen. Er hatte die Maske gut versteckt und war jetzt im Angelurlaub. Lucy grinste, als sie daran dachte, wie sie ihm noch die besonders reißfeste Angelschnur geschenkt hatte. Für so fette Fische wie Ratto.

»Geklautes nehme ich nicht an!«, hatte der Agent gesagt. Aber sie hatte ihm erklärt, dass Geschenke, die von Herzen kommen, auch von Gangstern nicht geklaut werden.

Lucy warf ihr Rad in die Einfahrt und sprang die Stufen zur Villa hoch. Sie schaute in den Briefkasten und fischte einen weißen Umschlag raus. Er hatte ein goldenes, verschnörkeltes L darauf – das Familiensiegel der Longfingers. Ha! Das war er endlich!

Mit dem Brief in der Hand stürmte Lucy in die Küche. Ihre Mutter zog gerade eine Auflaufform aus dem Backofen. Es roch ein bisschen nach Fisch.

»Post vom Gremium!«, rief Lucy und riss den Brief auf.

»Und?« Ihre Mutter stellte die Auflaufform auf den Tisch. Lucy faltete das Schreiben auseinander. Ihre Mutter steckte ihren Kopf dicht neben Lucys.

»Ja!«, jubelte Lucy los und tanzte mit dem Brief durch die Küche. »Wir haben es geschafft!«

»War ja auch echt aufwendig!«, sagte ihre Mutter. »Gut, dass du nie locker lässt, Lucy!« Sie lachte.

»Victor, komm doch mal!«, rief sie dann.

Klonk klonk klonk hörten sie ihren Vater die Treppe runterkommen. Er trug seine Stiefel auch im Haus, seit sie vor einer Woche plötzlich wieder im Flur gestanden hatten.

»Ist was passiert?« Er steckte seinen Kopf in die Küche.

»Ja, was Tolles!«, rief Lucy und wedelte mit dem Brief. »Hört zu! … und deshalb wird der Änderung stattgegeben«, las sie vor. »Punkt 4 des Longfinger-Kodex lautet ab sofort:

~~4. Keine Freunde außerhalb der Familie.~~

4. Freunde außerhalb der Familie müssen schweigen wie ein Grab.

»Na, was sagt ihr?«, rief Lucy. »Die haben das tatsächlich wortwörtlich so geändert, wie ich vorgeschlagen habe!«

»Punkt 4. Keine Freunde außerhalb der Familie!«, krähte Miss McPie. Sie klang ärgerlich.

»Oje«, lachte Lucys Vater. »Das ist jetzt aber *deine* Aufgabe, der Krähe den neuen Punkt 4 beizubringen, Lucy!«

»Das krieg ich hin! Wenn wieder Schule ist, kriegt sie auch jeden Tag Unterricht, dann klappt es bis zu den nächsten Ferien.« Lucy ließ sich auf einen Stuhl fallen. »Können wir jetzt endlich essen? Ich hab einen Riesenhunger!«

»Es gibt überbackene Austern«, verkündete Lucys Mutter stolz.

»O nein!«, stöhnte Lucy. »Deshalb roch es so fischig!« Aber sie wollte sowieso vor dem Kino noch zu Toni in die Eisdiele, dann würde sie sich eben dort satt essen.

Ihr Vater hob sein Glas. »Auf den Kodex.«

»Auf Punkt 4 im Kodex«, grinste Lucy und schielte auf die Uhr. Sie hatte noch zwei Stunden. Aber auch noch viel zu tun. Sie musste Hausaufgaben machen und die Einnahmen der letzten Woche ins grüne Buch eintragen. Die Codes der Geheimfächer ändern und einen neuen Container mieten. Eine Runde mit Cash gehen, den Mäusekäfig saubermachen und danach duschen. Sie musste sich beeilen! Schließlich hatte sie nicht nur Pflichten an diesem Nachmittag, sondern auch eine ganze Menge Schönes vor!

Longfinger-Kodex

August 1434

Präambel: Solange es diesen Kodex gibt, wird es die Longfingers geben!

1. Ein Longfinger* krümmt niemandem ein Haar!
2. Ein Longfinger nimmt es nur von den Reichen und nicht mehr als nötig.
3. Mach es wie die Schabe: Ergreife immer die Flucht!
4. Keine Freunde außerhalb der Familie.
5. Ein Tier, das einmal zur Familie gehört, wird nicht abgegeben.
6. Ein Longfinger arbeitet nur für einen Longfinger.
7. Die Techniken und Fähigkeiten der Familie Longfinger werden von Generation zu Generation weitergegeben.
8. Ein Longfinger muss lügen, dass sich die Balken biegen. Nur nicht innerhalb der Familie!

* Longfinger bezeichnet den Familiennamen, nicht den Dieb.

9. Ein Longfinger erpresst nicht und lässt sich nicht erpressen. Erpressen ist was für Feiglinge!
10. Die Polizei*ist nicht dein Freund und Helfer, und du bist nicht der Freund und Helfer der Polizei.
11. Ein Longfinger entschuldigt sich nicht, außer bei seiner Familie.
12. Lass niemanden rein, der nicht Longfinger heißt oder sich für einen Longfinger das Ohr abschneiden ließe.
13. Ein Longfinger zwitschert nicht, schließlich ist er kein Vogel.
14. Das Haus eines Longfingers ist bis auf den letzten Schweißtropfen zu verteidigen, vorausgesetzt, Punkt 1 wird eingehalten.
15. Vertraue niemandem, der auf einer Bank sitzt und Zeitung liest.
16. Kenne deinen Feind besser, als er dich kennt.
17. Ein Longfinger schaut lieber dreimal auf die Fersen eines Fremden als einmal auf sein Messer.
18. Entscheide schnell! Hast du dich entschieden, ist der Fisch schon halb geputzt!
19. Verschiebe nicht auf morgen, was du heute kannst besorgen.

* Der Begriff Polizei steht hier stellvertretend für alle Verbrechen bekämpfenden Organisationen.

20. Ein Longfinger trägt die Fingernägel stets ganz kurz.
21. Lass einem Vogel seine Mauser, dann lässt er dir deine Flausen im Kopf.
22. Ein Longfinger benutzt niemals ein Klo ohne Fenster!
23. Ein Longfinger lauscht an der Wand!
24. Ein Schwein darf niemals durch die Beine flitzen. Das bringt Unglück.
25. Ein Longfinger schiebt seine Taten nicht einem anderen Longfinger in die Schuhe.
26. Ein Longfinger flucht nicht.
27. Vertraue keinem, der sich als Cousin ausgibt!
28. Wer gegen den Kodex verstößt, kommt in den Kerker!
29. Ein Longfinger rächt sich immer, nur nicht an seiner Familie.
30. Dieser Punkt ist abhanden gekommen. Vermutlich wurde er geklaut.
31. Der Longfinger-Kodex ist nur für einen Longfinger bestimmt. Es ist stets Sorge zu tragen, dass er an einem sicheren Ort verwahrt und niemals geklaut wird.
32. Ein Longfinger gewährt einem Longfinger stets Unterschlupf und Hilfe.

33. Ein Longfinger sieht einem anderen Longfinger immer in die Augen.
34. Es ist jedem Longfinger ab 12 Jahren erlaubt, Änderungen des Kodex zu beantragen.*
35. Das letzte Wort hat stets das Longfinger-Gremium, das aus den drei ältesten lebenden Mitgliedern der Longfinger-Familie besteht.

Verfassung und Niederschrift des Longfinger-Kodex durch Leo Aldwyn Longfinger, London 1434:

Leo A. Longfinger 9. April 1434

Ergänzung und Übersetzung veralteter Wörter durch Betty Hole Longfinger, San Francisco 1878:

20. Februar 1878 B.H. Longfinger

Gerichtsstand des Gremiums: San Francisco, Kalifornien

* Es müssen Gründe nachweisbar sein, die das Leben eines Longfingers nach einem Punkt im Kodex unerträglich machen. Was unerträglich heißt, beurteilt das Longfinger-Gremium.

Hat dir Lucy Longfingers Abenteuer gefallen?
Dann halte Ausschau nach dem zweiten Band
mit dem Titel Explosive Entdeckung –
ab Herbst 2021 in deiner Buchhandlung!

Hier kannst du schon einmal reinlesen …

KAPITEL 1

Eine widerspenstige Krähe

– Leseprobe –

Lucy trug die Einnahmen der letzten Woche ins grüne Buch ein und pfiff dabei vor sich hin. Es war der erste Tag der Herbstferien, und Ratto, der fiese Gangsterboss und Feind der Familie Longfinger, saß endlich im Gefängnis. Und Toni Morelli durfte nach der Kodex-Änderung jetzt ganz offiziell ihr Freund sein! Alles super paletti!

So, fertig. Sie machte eine schwungvolle Drehung mit dem Schreibtischstuhl. Blieb noch eine letzte Aufgabe, bevor sie zur Eisdiele flitzen konnte, um mit Toni Pläne für die Ferien zu machen! Leider war diese Aufgabe nicht so schnell erledigt wie das Eintragen der Einnahmen. Denn Lucy musste der Krähe den neuen Punkt 4 im Kodex beibringen. Der lautete nun nicht mehr: *Keine Freunde außerhalb der Familie*, sondern: *Freunde der Familie müssen schweigen wie ein Grab.* Lucy war zufrieden mit dem neuen Punkt. Und auch etwas stolz auf sich, dass sie ihre Eltern und das Longfinger-Gremium davon überzeugt hatte, dass auch für Gangster Freunde wichtig waren.

Als sie aufstand, fiel ihr Blick auf die leeren Chips-

und Weingummitüten. Gestern Abend hatten sie und Toni sich einen gemütlichen Filmabend zum Ferienstart gemacht. Aber aufräumen in den Ferien? Nö!

»Jetzt zu dir!« Lucy baute sich vor Miss McPie auf, die sie samt Stange hoch in ihr Zimmer geschleppt hatte.

Sie hob den Zeigefinger. »Pass auf. Punkt 4. Freunde außerhalb der Familie …«

»Punkt 4. Keine Freunde außerhalb der Familie!«, krähte Miss McPie. »Nicht *keine* Freunde«, verbesserte Lucy die Krähe. Sie sprach jedes Wort besonders langsam und deutlich aus. »Freunde außerhalb der Familie müssen schweigen wie ein Grab.«

»Punkt 4«, rief Miss McPie. »Ein Grab schweigt außerhalb für die Familie! Obacht!«

Lucy verdrehte genervt die Augen. Warum hatte sie nicht früher damit begonnen? Ihr Vater hatte nach der Kodex-Änderung gesagt, dass es ihre Aufgabe war, der Krähe den neuen Punkt beizubringen. Und sie selbst hatte in ihrer Freude versprochen, das bis zu den nächsten Ferien zu erledigen.

Lucy wurde etwas lauter: »Noch einmal. Punkt 4. Freunde außerhalb der Familie …« Sie tippte die Krähe mit dem Zeigefinger an. »Jetzt du!«

»Freunde … schweigen im Grab!«, krähte Miss McPie und steckte den Kopf unter den Flügel. Lucy stöhnte. Wie hatte ihr Großvater es bloß geschafft, der Krähe sämtliche Regeln des Longfinger-Kodex' einzutrichtern?

Nach einem weiteren Fehlversuch entschied Lucy,

dass es für heute reichte. *Entscheide schnell! Hast du dich entschieden, ist der Fisch schon halb geputzt!* Punkt 18 im Kodex war ein ziemlich vernünftiger Punkt. Morgen würde es bestimmt klappen.

»Lucy!« Das war ihr Vater, seine Stimme kam von unten. »Kommst du mal?« Gerade jetzt, wo sie doch loswollte! Lucy schnappte sich ihre schwarze Lederjacke vom Bett, packte die Stange samt Krähe und trug sie die Treppe hinunter in die Küche.

Ihr Vater schob einen vergilbten Plan unter seine Zeitung, als Lucy hereinkam. Aus manchen Sachen hielten ihre Eltern sie noch raus, auch wenn sie die Geschäfte der Familie später mal übernehmen sollte.

»Du hast mit der Krähe geübt?«, fragte er. »Lass mal hören, wie weit ihr gekommen seid.«

»Tja … sie hat heute einen schlechten Tag«, murmelte Lucy.

Ihr Vater zog die Augenbrauen hoch. »So, so, einen schlechten Tag. Lüg mich nicht an, Lucy Longfinger.«

»Obacht!«, krähte Miss McPie. »Ein Longfinger muss lügen, dass sich die Balken biegen. Nur nicht innerhalb der Familie!«

»Das hört sich für mich nicht nach einem schlechten Tag an«, sagte ihr Vater. »Eher danach, dass du es nicht geschafft hast, ihr den neuen Punkt beizubringen.«

Lucy seufzte. »Ja … Aber ich will trotzdem zu Toni in die Eisdiele!« Sie schielte zu ihrem Vater. »Ich mach das noch, versprochen.«

»Weiß ich doch.« Ihr Vater zwinkerte ihr zu. »Nur denk daran, man muss sein Wort halten.«

»Klar.« Lucy nickte. »Und was wolltest du?« Sie trippelte ungeduldig auf und ab.

»Setz dich mal«, sagte ihr Vater.

Oje! Lucy verzog das Gesicht. Sie wollte doch los! »Ne, ich hab's echt eilig.«

Ihr Vater nahm die Nickelbrille ab und rieb sich die Augen. »Was habt ihr denn so Wichtiges vor?«

»Ferienpläne machen«, sagte Lucy und wusste im selben Moment, was ihr Vater sagen würde.

»Ein Gauner hat keine Ferien«, brummelte er.

»Ja, ja, aber ein paar freie Tage hab ich mir echt verdient!«, rief Lucy. »Und jetzt sag schon!«

Ihr Vater kratzte sich am Bart. »Du kennst doch deine Großcousine Savanna aus Texas, oder?«

Lucy zuckte mit den Schultern. »Ich hab sie nur einmal gesehen, und da war ich noch klein.«

»Jedenfalls, jetzt ist sie schon fünfzehn.«

»Aha«, sagte Lucy.

Ihr Vater fuhr fort: »Sie will nach Mable Beach kommen und eine Kiste alter Erinnerungsstücke unserer Familie abholen.«

»Warum denn das?«, fragte Lucy. Ein komisches Gefühl machte sich in ihrem Bauch breit.

»Ihre Familie hat in Texas ein kleines Longfinger-Museum aufgebaut und will die Erbstücke dort ausstellen. Natürlich nur familienintern.« Ihr Vater schmunzelte.

»Sie wollen ja nicht die Polizei auf die Longfingers aufmerksam machen.«

»Und was hat das mit mir zu tun?« Das Kribbeln in Lucys Bauch wurde stärker.

»Sie kommt morgen«, sagte ihr Vater. »Und sie will nicht nur die Kiste abholen. Sie will auch ein paar Ferientage mit dir verbringen.«

»Mit mir?«, rief Lucy entsetzt. »Ich hab aber keine Zeit für irgendwelche Cousinen! Ich hab Ferien!«

»Lucy!«, ermahnte ihr Vater sie. »Savanna freut sich so, dich endlich mal kennenzulernen. «

»Ich will sie aber nicht kennenlernen!«, rief Lucy. »Sag ihr ab, bitte!«

Ihr Vater schüttelte den Kopf. »Aber sie kann doch mitkommen, wenn du was unternimmst. Und es ist auch alles schon besprochen. Sie nimmt den Schnellzug. Morgen früh ist sie da.«

Was? Sie wurde nicht mal gefragt?

»Das ist gemein! Ihr hättet mich fragen müssen!«, rief Lucy.

»Savanna gehört zur Familie. Ich erwarte, dass du nett zu ihr bist! Und wenn du gleich von diesem Toni zurückkommst, dann richte bitte das Turmzimmer für Savanna her. Das wurde lange nicht mehr benutzt. Deine Mutter und ich sind spät zurück heute Abend.«

»Ja, ja. Ihr habt mal wieder keine Zeit!«, grummelte Lucy. »Aber ich, oder was?« Sie drehte sich um und lief aus der Küche.

Von diesem Toni hatte ihr Vater gesagt. Wann akzeptierte er die Freundschaft endlich?

Die fünf Stufen vor der Haustür nahm sie mit einem einzigen Satz. Sie schnappte sich ihr Rad und raste die steile Straße hinunter auf den blauen Pazifik zu. Ein Fußgänger schimpfte hinter ihr her.

Lucy warf ihr Rad vor der Eisdiele Morelli neben den Fahrradständer auf den Gehweg und schielte auf die Uhr. Nicht mal sieben Minuten. Rekordzeit!

Ihr neuer Freund Toni Morelli stand hinter der Theke und erklärte einem Jungen mit schwarzen Haaren gerade die neue Sahnespritze. Lucy kannte den Jungen. Er hieß Crick und war Student.

Toni blickte auf und schob sich die Locken aus dem Gesicht. Sein Gesicht sah noch gebräunter aus als sonst, und seine dunklen Augen strahlten.

»Du hast es aber eilig, mich zu sehen!« Er klatschte in die Hände. »Mango mit Chili, drei Kugeln?«

»Ja, aber ich bin echt sauer!«

»Auf mich?« Toni riss die Augen auf. »Was hab ich denn jetzt schon wieder gemacht? Hey, du meinst doch nicht etwa wegen dem Film gestern Abend? Ich hätte ja auch den anderen mit dir geschaut, aber du hast doch gesagt, dass wir …«

»Toni! Halt mal die Luft an! Es ist nicht wegen dir.«

Toni atmete erleichtert aus. »Puh, da bin ich aber froh!« Er kam mit zwei Eisbechern hinter der Theke hervor und tanzte zu einem Tisch. Lucy musste über seinen Hüftschwung lachen. Sie ließ sich auf einen Stuhl plumpsen und zog einen Eisbecher zu sich rüber.

»Stell dir vor! Meine Großcousine aus Texas kommt morgen! Sie will mit mir ein paar Ferientage verbringen! Und meine Eltern haben ihr einfach zugesagt, ohne mich zu fragen!«

»Ja, und? Was ist daran so schlimm?«, fragte Toni.

»So *schlimm*? Ich dachte, *wir beide* wollten zusammen was unternehmen.«

»Können wir doch auch. Dann kommt sie halt mit. Bestimmt ist sie ganz nett.« Toni zwinkerte Lucy zu. »Sie ist schließlich eine Longfinger!«

»Mitkommen? Geht's noch?«, rief Lucy und starrte Toni entgeistert an. Jetzt redete er schon so wie ihr Vater.

»Sie kommt doch bestimmt nur für ein paar Tage, oder?«, fügte er noch hinzu.

»Aber ich hab keine Lust, die Ferien zu dritt zu verbringen!« Lucy schob den noch halbvollen Eisbecher von sich weg. »Und ich soll auch noch das Turmzimmer für sie putzen!«

»Turmzimmer! Wie romantisch!«, rief Toni. »Da wäre ich auch gerne euer Gast, das ist bestimmt …«

»Mensch, Toni. Ich hab einfach keine Lust auf die!«

»Reg dich doch nicht auf!«, sagte Toni. »Lass uns lieber überlegen, was wir morgen machen.«

»Morgen? Wir brauchen einen Plan für alle Tage«, brummte Lucy.

»Och nee!«, maulte Toni. »Doch nicht Ferien nach

Stundenplan! Lass uns spontan entscheiden, was wir wann machen.«

»Nö«, sagte Lucy. »Wir machen einen Plan für jeden Tag.«

»Du bist ja nur sauer wegen deiner Cousine«, murrte Toni. Er zwinkerte Lucy zu. »Kommt die Cousine, sind sie hin, die Termine.«

»Großcousine«, sagte Lucy, musste aber grinsen. Er hatte ja recht. Sie war schlecht gelaunt deswegen. »Okay«, räumte sie ein, »wir machen einen Plan für jeden zweiten Tag und an den anderen unternehmen wir was spontan.«

Toni strahlte schon wieder. »Und morgen machen wir den Ausflug ins Aquarium. Nach Plan natürlich.« Er stieß Lucy an. »Komm schon, ich will schon so lange mal wieder ins Aquarium!«

»Morgen geht nicht«, brummte Lucy. »Da kommt Savanna an. Mein Vater will, dass wir sie begrüßen und so.«

»Savanna? Das ist aber ein schöner Name«, rief Toni.

»Der Name ist doch völlig unwichtig!« Lucy kramte in ihrer Hosentasche und legte Geld auf den Tisch. »Ich muss los. Hab noch was zu tun.«

Erscheint bei FISCHER KJB

Hedderichstr. 114, D-60596 Frankfurt am Main
ISBN 978-3-7373-4243-8